老炮儿

管虎 /著

北京长江新世纪文化传媒有限公司
www.cjxinshiji.com
出品

壹

如今,六爷老了。他浑身没了劲道。

六爷每天一开门,就把鸟笼子挂出来,拾一条板凳在门口,开一瓶小二,一坐一上午。

六爷的店不大,是个小卖部。没有招牌,门边上戳着个广告牌,蒙着土,上面印着"老北京酸奶"。从门外瞧,六爷的店里面黑漆漆一片。零食、杂货、水果光秃秃敞着,久经年月,了无生气。唯一闪亮的,便是门口挂着的鸟笼,肚大腰圆。笼架,笼圈,笼条,笼门,笼爪,笼钩,无一不擦得锃亮。笼子里立着一只鹩哥,耳大,毛亮,肥翘,爪子金黄。六爷每次抬眼望去,都觉得神气,耀眼。

"波儿,叫一声!"六爷龇着牙,啜一口小二。

鹩哥抖了抖毛,不吭声。

"难揍!天天跟他妈土财主似的喂你,让你吭一声比放个屁还难,叫!不叫今儿甭想吃苹果!"

"哥!"鹩哥闷闷一响。

六爷美了,从店里取一个苹果,在身上擦擦,自己先咬一口,开开笼门,递进去。

"瞧你牛逼的,叫六爷一声'哥',不亏!"

"哥!"鹩哥又叫。

这一声却叫得令六爷心慌。

步入五十岁的六爷,常常心慌。北京已经变了。街道、楼群、商店、汽车、男人、女人、小孩儿,连同着太阳、月亮、星星,都变了。好像眯了一觉,老天爷就换了个模子。六爷有时看着眼前一切,会突然恍范儿。他常觉得自己还是二十岁,浑身铁硬,腰里别着弹簧锁,左挎着一书包的砖头,胸膛里闷着一股子热血。冬天的风像小刀子一般,刮得皮肤生疼,要出血。那年月，后海的湖被冻得紧实，有劲儿。男人们在冰面上穿梭，冰刀割在冰面上，咯吱咯吱响。女人们穿着军装，脖子上挂着红围巾，脸蛋儿通红。男人呼出丝丝冷气，女人放肆地笑，湖面上喧腾着，岸边簇拥着一群男女，有的是茬架，有的是茬琴。远远看，男人们女人们，黑压压一片，看不出区别，像海里的鱼群，蜷缩，舒张，有时变成一条线，有时扩成一张网。但是，六爷觉得性感，他觉得那年月的男人女人都性感。连同着太阳、月亮、星星，都性感。

六爷年轻时看不清这个世界，现在也看不清。年轻时的六爷，一弹簧锁抽下去，一板砖拍下去，看到倒下的人冒出股股热血，他才感到与这世界的接触。那血是他与这世界沟通的唯一语言，他必须不停地敲打、嘶吼，才能收到世界对他的反馈。那反馈像抽一口鸦片，浑身升腾起快意，继而变得冰凉，像冰刀割在湖面上，咯吱咯吱响。如今，六爷老了。他浑身没了劲道。胳膊细了，肚子大了，嗓子哑了，眉毛垂了，只有那一双眼，勉强撑着凶劲儿。可是他知道，他再怎么装凶狠，这世界也不搭理他。这世界就像个巨大的白眼，看得六爷心慌。六爷有时哼哼崔健的歌儿，花房姑娘，《一块红布》，他年轻时听不大明白，现在懂了，一块红布，蒙住双眼，也蒙住了天。六爷觉得现在的自己蒙住了双眼，被扔到一口闷锅里，锅底冒着小火，任他喊，任他吼，任他捶打，这锅都闷闷不响，只是这周身慢慢变得滚烫，烤得他骨头发软，精疲力竭。

在周围人看来，六爷还那个操性。脾气暴，没好脸儿，翻脸比翻书还快。他既然看不清这个世界，便索性看不惯这个世界。他每天坐在门口，什么都看不惯。看不惯情侣接吻，看不惯酒吧的招牌，看不惯人们的衣着，看不惯墙上的广告。他有时看电视也来气，听到小年轻说着时尚的话也来气。人群热闹，他来气，人家客气，他更来气。虚着，实着，真的，假的，他都来气。他怀念过去，想找一帮老哥们儿聚聚，好不容易扒拉在一块儿，才知道，全他妈变了。他心灰意冷，每天守着自己的小店，从天蒙蒙亮，到日头西落，一天没几个人光顾。

他孤独，忍不住会想起被撞死的老婆，继而又强迫自己不去想。六爷年轻的时候，从没想过结婚的事。那时候他正风光，手底下一群小兄弟死心塌地跟着他，今天拔谁的旗杆，明天端了谁，有时候是为名声，有时候是为"拍婆子"。打完架便蜂拥至馆子，暴撮一顿。六爷起小儿生在鸦儿胡同，跟在他手底的人也都在这个胡同儿长大。胡同儿的孩子不比大院子弟，父母都是双职工，文化程度低，买不起像样的衣服。他们羡慕大院子弟，羡慕他们穿着三接头皮鞋，一身绿军装，袜子雪白。和他们相比，胡同儿的孩子最多能捞上双军队的袜子，套一双军胶鞋，美得不行。天生的物质差距，使他们从羡慕演变成强烈的自卑。他们打人更狠，下手也快，不见血不罢手。他们习惯打群架，也善于单兵作战，每个孩子都会一手绝活,有一件称手的家伙。有人使三棱军刺；有人自己做链条枪；有人惯用一条短白腊杆，胶棍打人不见伤，全是内伤；有人不屑使家伙，专找善扑营的老跤手学跤，学得一手跤，全是反关节，比不来赛，只为打架。六爷的家伙是弹簧锁，尺把来长，一头大，一头小，捏小头抽人见血，捏大头抽人伤内脏。这家伙属软兵刃，攻击力强，却没法用来抵挡，因此，六爷一般是一招制敌，很少与人缠斗。

六爷的老婆人长得一般，不爱说话，父母在起重机厂上班，一家子都是老实人。六爷在认识她之前，拍过不少婆子，盘儿亮，条儿顺，但大都是跑头子货，朝三暮四。为此，六爷打过不少冤架，得罪了不少兄弟。那几年，六爷的势头便逐渐冷下去，又赶上80年代改革开放，北京的大小流氓起哄似的奔广州倒腾电视机、手表、服装、蛤蟆镜，六爷身边的人纷纷作鸟兽散。那时候，仿佛一夜之间，六爷觉得身边的人一走而空，找谁都不在。六爷也想倒腾买卖，但是做了几趟，赔个底儿掉。他打人从不手软，但是卖东西却下不了狠心。善不领兵，义不养财，这让六爷觉得自己还不完全是个浑蛋。于是他觉得自己应该先踏实下来，便托人介绍了他未来的老婆。很快两人确定了关系，结了婚，生了娃，六爷也找到一家发电厂，负责看皮带，运煤。

开始的时候，六爷野惯了，不适应。厂子里有人放份儿，他定要去敲打敲打，有人鸡贼惦记人，他也要去拎那人出去谈谈。一年到头，六爷正事儿没干，把一车间的同事揍个遍。他师傅嫌弃他，骂他是个刺儿头，六爷就跟他师傅蹚儿了，拿把三角铁在他师傅面前晃来晃去。他师傅没办法，只好把他调剂到别的车间。别的车间闻听他凶狠，都不敢要。眼看厂子里要撤他职，一个老师傅却答应收留他，但前提是不能惹事，不能打架，出什么事，由他老师傅解决。六爷感激老师傅，竟然忍了下去，这一忍，倒磨平了些性子，从此，六爷开始朝九晚五，一家子过得清贫，倒也相安无事。

日子安顿下来，六爷那群哥们儿却纷纷从广州、上海回到北京，有的赚了钱，有的赔了钱。这群人回到北京，一天无所事事，闲得蛋疼，闻得六爷在厂子里上班，便天天去他厂子里扰他。六爷想过安稳日子，怎奈那群人跑到他车间主任那里，威胁主任说："你要敢让六哥干活，我们就卸你一条腿！"无奈，老师傅也不敢再留他。六爷不想让老师傅为难，便带上一条烟，捎上一瓶酒，买上一只烧鸡，送到老师傅家门口，鞠了一躬，回厂子就辞职了。

这以后，六爷便和这一群人天天胡吃海塞，打架斗殴，夜夜不回家，在外刷夜。他老婆看不着人，急得掉头发。好不容易六爷回来，却一身酒味儿，倒头就睡。一天深夜，六爷敲门，他老婆打开门，六爷便一跤栽倒在她面前，头上被豁出一拃宽的口子，脑袋像个血葫芦。他老婆吓得坐在地上，半天没缓过劲儿。他老婆看看不省人事的六爷，先起身把孩子的门死死关紧，又把六爷拖至沙发，她想先给六爷简单包扎一下，再送往医院，满屋子找绷带，却找不到。她穿上衣服去药店，一路上恍恍惚惚，月亮照得路面像条干枯的河。她心想，王八蛋，这回我一定要离婚！又想儿子刚上学便没爹，会不会影响成长？去他妈的，有这样的爹，还不如没这样的爹……六爷老婆出着神，嘴里念叨着，一辆货车驶过来，六爷老婆飞出去，头朝下扎在了井盖上。临死时，六爷老婆嘴里还在喃喃：王八蛋。

　　如今的六爷，老婆死了，儿子跑了，朋友不见了，他只能坐在小店门口，面无表情，心怀愧疚。他养鹩哥，不图上品，不怕脏口儿，只为把它养得肥白如瓠，看着亲。鹩哥的一声"哥"，令他仿佛过了次电，脑里闪出无数的画面，像一次性又重来了二十年。他吞了口气,回过身来,街上已有些观光三轮车在缓缓行驶,界边儿的商店也已开门。六爷想,这他妈一天,又要耗过去。

一个黑瘦的汉子蹬着观光三轮车路过六爷门口,停下来,支棱着脖子看六爷。

"六爷,大冷天儿的,天天跟守着棺材铺似的,没生意吧?跟着我蹬趟三轮儿,一趟一张儿,发一身怒汗!"

六爷眼也不抬,将一壶剩茶朝黑瘦汉子泼过去。

汉子抬脚躲,"什么您就往我这儿泼!"

六爷把脸一懒,"宿尿!瞧你丫那揍性,长得跟笤帚疙瘩似的,真把自己当骆驼祥子了?一趟一吨我也不去,天生伺候人的碎催,赶紧滚蛋!"

汉子咧嘴乐,一溜烟儿奔银锭桥去了。

院门口卖麻辣烫的几个南方人搬出煤气罐放在炭火边,搭棚子,支桌子,一个粗壮的妇女抱着一摞碗筷,麻利儿地在桌子上码着。南方人偷瞄几眼六爷,六爷一眼扫过去,南方人忙低下头,帮着妇女码碗筷。

"孙子,还不听是吧,炸了全他妈得上天!"

那妇女听见六爷骂,眉毛竖起来,手里的碗一顿,操一口四川土话骂个没完。

"别他妈以为我听不懂,四川军区军七号是咱亲戚!我还摸过他们军长的枪呢。"

一个十五六岁的男孩儿笑眯眯地晃过来,身上脏兮兮,一条牛仔裤像是用油浸过,头发东倒西歪。

"六爷,军七号是谁?"

六爷吐口痰,咳嗽半天,"忘了,反正是亲戚。弹球儿,你个小鸡巴崽儿一天到晚晃荡这儿晃荡那儿的,没个正行,找家饭店,刷刷盘子,洗洗碗,卖卖正经力气,别他妈一天跟个颠尾巴猴儿似的,不小了!"

弹球儿说:"不干,没意思,我就跟着您干!"

六爷笑了:"跟着我干?我他妈还不知自己要干什么呢。不是那年头了,小子!"

弹球儿凑近,一脸神秘:"听说了吗?猫眼儿让人给打了!"

六爷拍手:"早该打,这老屁眼儿以前牛逼哄哄的,在动物园那儿拍了大雅子十三砖,差点儿没赔上命!老了老了,也折了吧!让谁打了?"

弹球儿说:"一群二十多岁的小混混儿。"

六爷面容一紧,咕哝了一句:"怎么惹上他们了?"

弹球儿说:"听说是猫眼儿的儿子在网吧赖了钱,让人一顿胖揍,猫眼儿觉得自己威风还在,谁也没叫,自己去了网吧,找到那个人,刚想耍威风,背后就一把猎枪顶了过来,那拿猎枪的让他跪下。"

六爷说:"猫眼儿跪没?"

弹球儿说:"'扑通'就跪了,几个小孩儿围过去就揍,现在还在医院躺着呢。"

六爷低头不言语。

弹球儿愤愤不平:"六爷您说,猫眼儿以前算是风云人物吧,如今一把枪顶过来,就他妈跪了?"

六爷提起鸟笼子,从柜台的小黑盒里拈起两条大炮虫塞进去。

"唉?六爷?"

六爷瞪他一眼:"该干吗干吗去,别他妈老在我这儿耗着,碍眼!"

弹球儿讨个没趣,一摇三晃地离去。

六爷叹气:"不跪,不跪他他妈真敢揍你啊。"

北风渐起，天上的云慢慢抹过去，太阳露出头，整个鸦儿胡同开始热闹起来。观光三轮一趟趟在眼前过，天儿冷，车夫们一边卖力蹬，一边和座儿上的游客神吹海聊：恭王府，蜗蜗居，法源寺，宋庆龄故居，萧军怎么被批斗，和珅的老宅被抄了多少银子……最后转弯抹角都要跟自己扯上关系。座儿上的游客听得入神，手机咔咔地拍照。

"老茶壶，别他妈聊了，你也不看看你后面那俩大娘儿们跟咱们是一种人吗？"一个拉不着活儿的车夫，斜着眼望着正口沫横飞的老茶壶。

老茶壶回头看了一眼座儿上金发碧眼的外国游客，"听得懂听不懂，反正人家挺高兴，关你蛋事，大不了，我说英文。"

"揍性！你那嘴里连俩弹子儿都搁不下，还他妈说英文！"

"你拉不着活儿别看人眼气。"

"我拉不着活？我刚拉了多少趟你没瞧见？腿都蹬短了！我在这儿抻抻筋。"

"过门槛,磨鸡巴,孙子你一人儿忙乎吧!"老茶壶脚头发力,蹬出老远。

六爷端一碗炸酱面在门口,呼噜呼噜吃。六爷的炸酱面简单,肉多,菜码少。为图方便,六爷从不放青豆嘴儿,只撒两把小水萝卜缨,一把黄瓜条,浇上几滴腊八醋,几口下去,就是半碗。六爷吃面的时候,像报仇。眉头深锁,全身的劲儿绷在脸上,喉结一缩一张,两眼盯着碗底,冒出火来,筷子不夹,只顾往嘴里送。六爷的嘴像个锅炉,烧着旺火,面被抻得像根火筷子,送进去,便发出"噼里啪啦"的爆响。

六爷打了个山响的饱嗝,舒一口气。敲出根儿大前门,点上,猛吸一口,两行烟柱颤巍巍从鼻孔顺下。六爷回身关店门,提起鸟笼子,往街外溜达。一路上,做小买卖的商贩们见到他,都点头喊"六爷"。六爷一并点头微笑。

溜到银锭桥,酒吧多起来,街上一片全是后海喧嚣一夜后的狼藉。年轻人拥在一处,熙熙攘攘,穿着夸张,绿肥红瘦,头上顶着红毛、白毛、黄毛、紫毛、粉毛，他们大都是外地人，却均操着一口含糊的南城话。六爷瞧着，觉得心慌。

一个老头坐在小卖部门口，一群穿着短裙胳膊上文着身的姑娘在他面前走过。

"这大冷天，还穿得这么凉快儿，真豁得出去！"老头盯着一个姑娘的大腿，撇撇嘴。

那姑娘没理会，丢一句："老流氓！"

"行，看人真准！"六爷咧嘴笑着目送姑娘们离去，走到老头儿跟前，"九十多岁的老流氓，活到今天，没被人打死，不容易！赶明儿向国家申遗，就叫非得流氓物质文化遗产。"

老头儿抬眼看六爷，鼻子哼了哼，喃喃："瞎混吧，瞎混吧。"

六爷递烟："二爷，晒晒？"

二爷指着后海那边的酒吧，"天天他妈深更半夜闹，一群燕巴虎子吗？"

六爷给二爷点着烟，"小崽子的事儿，管不了了，您一把年纪甭跟他们置气，这条街还属您牛逼！"

二爷抽一口，眉眼松下来："瞎混吧，瞎混吧。"

街口拐角处传来打闹声，弹球儿慌慌张张跑过来。

"六爷，您快去看看吧，灯罩儿的煎饼车让人给扣了！"

六爷随弹球儿过去。拐角处围着一群人，伸脖儿看。

四个城管正在夺一辆三轮车，一个五十多岁的男人半蹲着身子，死命拽着车把。煎饼炉子、铲子、耙子、刮板儿都被扔到了车上，地上是打翻了的绿豆面儿糨糊、鸡蛋、薄脆、油条。

"较劲不是？！"为首一个生得粗壮的城管，发起狠来，腰板子一抻，连车带人拉出去一步之遥。

那摊煎饼的撒开手，冲上去抱住城管。

"撒手！"城管挣脱着。

"不，不能拿走！"摊煎饼的死死抱住城管的腰。

城管抄住摊煎饼的手，向外一扭，摊煎饼的吃不住痛，撒开手。城管拎起他的领子，向外一送，那摊煎饼的一下被摔到人群中，一骨碌爬起来，又冲向前，城管便抬手一巴掌。

那摊煎饼的愣在原地，不知所措。

"给脸不要脸！走！"四个城管抬起车就要走。

这时,一只手扶住了车把,硬生生把抬起的车压了下去。

为首的城管刚要骂街,回头看清楚是六爷,硬是把脏话噎了回去。

"六爷。"

六爷把脸一懒:"张队,这是干吗?"

张队正正颜色:"执行公务。"

六爷拽过那摊煎饼的,指指他脸上的五道手指印,"这就是公务?"

旁边一个城管要逞能,"你干吗的?没事一边儿待着去!"

六爷一笑:"张队,这儿谁说话算数?要不然我跟这位小兄弟谈?"

张队忙说:"别,他刚来,不懂事。六爷,我们这也是没办法,无照经营就得没收,合理合法!他不配合我们工作,妨碍公务,还砸了我们的车灯,按规矩,我们必须连人带车一并带回去,您要插手,就得讲理!"

六爷转到执法车前,车灯果然已被砸碎。

六爷回身看着那摊煎饼的:"灯罩儿,这车灯是你砸的？"

灯罩儿还把着三轮车，点点头。

"灯罩儿砸灯罩儿，行，撒手！"

灯罩儿还是不撒手。

"早他妈跟你说办个证，办个证，图个踏实，就不听，这回屎到屁股门，傻了吧。撒手！你无照经营，没收你的车，人家在理！"

灯罩儿只得撒手。

六爷指了指车的前灯盖子："砸了你们车，得赔多少？"

张队犹豫道："三百块钱吧。"

六爷从兜儿里掏出一把皱巴巴的钱，连零带整儿的数了数，一把塞进张队手里。

"一百四十六，先给你，灯罩儿你那儿还有多少？"六爷问灯罩儿。

"我，我这儿，这儿的钱都被他们拿走了。"灯罩儿说。

"我这儿有！"弹球儿从人群里蹿出来，掏出两百块递给六爷。

"把那四十六还我。"城管把那四十六块钱还给六爷，六爷又把钱还给弹球儿。

"咱爷俩谁跟谁，不用还！"

"谁他妈跟你爷俩。一码归一码，还欠你一百五十四，"六爷转过头来看向张队，"东西也没收了，款也罚了，人就不用带走了吧？"

"行！"张队指挥那三个城管把三轮儿抬上车，回头就要走。

"别走，没完呢，"六爷拦住了张队，"你的事儿清了，他那一嘴巴谁来还？"

张队和另外几名城管愣在原地。

六爷朝灯罩儿一努嘴儿："去，抽丫一嘴巴！"

"抽丫的！"人群里几个小商贩早憋不住火，起起哄来。

灯罩儿脸憋得通红，嘴巴抿起来，下巴向外抻着，眼睛直勾勾盯着张队。但是双脚始终没离开原地。

六爷瞧灯罩儿半天没动静，"瞧你丫那操性，原地使劲儿，大便干燥啊？亏你也是个站着尿泡的，得了！张队，他仁义让你，但这账还得还，要不咱换个人？"

弹球儿冲过来:"我抽,我抽!"

六爷踹了弹球儿一脚:"小鸡巴崽儿,滚蛋!这儿轮不着你!"

六爷缓缓走向张队,脸对脸儿看着他,眼睛眯起来。人群静下来,众人像看鬼故事一般瞅着六爷怎么动手。

"六爷……"张队喉咙里冒出哑哑一声,紧张地看着六爷。

六爷抬手,却缓缓放下去,轻轻地拍了拍张队的脸。"仁义归仁义,话说回来,咱下回能不动手就忍忍,老实人给挤对急了,说不准!"

张队连连点头,带人匆匆离去。

人群中有人失望,阴阳怪气:"操,六爷,六爷,敢情就这么回事儿!"

六爷望向那人:"你别走,我不敢抽他,抽你绰绰有余!"说着,就向那人走去,那人瞧势头不对,撒丫子颠儿了。

"看他妈什么看!家大人都把你们弄丢了,没蛋事儿往这儿瞧热闹来了?滚蛋,滚蛋!"六爷朝着围观众人吼着。

众人如鸟兽散。灯罩儿支支吾吾还想说什么。

"甭惦记了！回头咱俩再攒一辆！"六爷甩甩手说。

"六哥，晚上来我家吃饭。"

"老去你家白斋，多不好意思……"

六爷脸上突然一歪，面色变得煞白，腿软下去，眼看就要倒。

灯罩儿一把扶起："六哥……"

六爷惨淡一笑，指指心脏，"老毛病了，一会儿就好。"

贰

六爷缓着气,盯着月亮,他感觉这月亮,血淋淋的。

一块桌儿大的洋槐木,在六爷手底慢慢镩出形来。

此时近黄昏,天光已暗。整个鸦儿胡同的色调冷下去,声调却涨上来。外地租户纷纷归家,连珠脆骂着;街外酒吧如滚滚雷动,低沉地吼;孩子们放学,嚷着,四处窜,书包里混着书、铅笔盒,叮当乱响;有人家练琴,琴声吱吱悠悠飘上去,扭拐着在空中爬。六爷在自家院儿里,叼着烟,斜着身,手一动一动,翻扭,伸缩。那木头开了花,一片一片落下去。六爷掐了烟头,掏出小二，仰头啜一口，胸口涌出一阵热浪。

六爷有两把锛子，一大一小。大锛子老，锛柄磨得光滑、油亮，钢口却锐，锛起来，咔咔作响。小锛子是新安的柄，锛柄头做了个暗榫，挥将起来，劲儿足，力道顺。

灯罩儿瞧着六爷锛木头，嘴里啧啧称赞。

六爷抬眼："怎么样，活儿还行吧！"

灯罩儿说："锛子不赖！哪儿淘的？"

六爷说："大的以前就有，小的是最近一个老师傅做的。"

灯罩儿："不会是六哥你以前的家伙吧？"

六爷说："我他妈又不是要账的，愣头青用的，掉价儿！"

六爷进屋，提溜着一把刨子出来，朝灯罩儿扔去，"过来帮忙，把这板儿打一打。"

灯罩儿接过来，左右瞧瞧，上下颠颠，埋头刨。

六爷蹲一边儿，又燃一根儿烟，抬眼望望鹩哥。

"波儿，叫一声！"

"哥！"鹩哥叫。

"再叫!"

"哥!"

六爷美美地抽烟。

灯罩儿说:"你再这么叫它,晓波听了肯定夯毛!"

六爷心头一沉。站起身,脚在地上蹭。走到门前躺椅上,一屁股坐下去,"夯吧,本来就是给他买的,这么多年了,就会这一口'哥',听久了,倒踏实。"

灯罩儿掸去木头上的刨花,"踏实?辈儿都乱了。晓波最近回来过吗?"

六爷闭眼,使劲儿晃,躺椅像条飘摇的船。

"逼崽子,搭理他!爱他妈回来不回来!"

"电话也没打过?"

"打个屁!我那电话就是一搁霉的炮仗,半年没个响!"

"你也不去找找?"

"找他干吗,我自己挺好。"

"你不闷?"

"闷什么?我就盼着这清闲日子呢,啥也不做,啥也不想,溜溜鸟,每天一碗炸酱面,馋了就到老马家吃爆肚儿，痛快，高兴，跟喝了蜜似的，找他干吗，爷儿俩大眼瞪小眼？一句说冲了嘴就翻脸，回过头来，面儿上还得绷着，假客气，一口一个爸爸，一口一个儿子，跟他妈录节目似的。别了！天要下雨，娘要嫁人，留不住！"

六爷一个急仰，躺椅翻了。六爷狠狈地站起。

灯罩儿笑："您还是惦记！"

六爷摆手："不说了！这事儿别提了以后。"

灯罩儿看六爷面色不对，不再说话。将刨好的三轮车板子竖起来，在地上磕了磕。比对着三轮车，量着尺寸。

"我今儿上午听弹球儿说，猫眼儿让一帮小崽子打了？"六爷说。

"听说了，那帮小孩儿下手挺黑！"

"谁带的他们？"

"不知道，游兵散将吧，现在这小孩儿不像以前，招呼都不打，一辆面包车过来，下车就砍。没他妈规矩！前一阵儿柏老虎他们跟一帮小孩儿干上了，嘎古也跟着去了，去了您猜怎么着？"

"怎么？"

"对面儿那帮小孩儿有一个是嘎古的儿子，嘎古跟他儿子使眼色，他儿子看都不看一眼，急得嘎古直骂街，说，'我他妈是你爹，你还要打你爹不成？'他儿子直接甩他一句，'爹不爹的，打完了再说！'六哥，您说，葛不葛？"灯罩儿说着，自个儿笑不停。

六爷垂头，不言语。

门外传来打斗叫骂声。灯罩儿开门看，六爷也凑过去瞧。

几个年轻人在胡同儿口推搡着，一个黄毛骂了句什么，一个黑矮子从背后抄出个酒瓶子，甩在黄毛头上。两拨人迅速扭打在一起。

"我去看看！不像话！"灯罩儿抻了抻袖子，欲向前拦阻。见六爷不动，犹豫着停下脚步。

六爷斜睨着灯罩儿："去呀，我不拦你，你能把他们拉开，从此以后我跟你，叫你一声罩儿哥！"

灯罩儿讪讪："六哥，别寒碜我。"

六爷啜一口小二，看一眼远处厮打在一起的年轻人，轻笑一声，转身回院。

灯罩儿跟在六爷后头，不时支棱着回头看，"现在的小孩下手都没轻没重，不管后果的，你还是去找找晓波吧，社会上那些事儿咱、咱都不懂了，晓波就一雏儿，别吃了亏……"

"不找！兜不住自己就回来了。"六爷的背影沉下去，丢下哑哑一句。

月亮躲了，星星哑了，路灯黑了，整个外面像被麻袋裹着，闷闷的，不出气，不言语。唯独六爷的屋里还亮着，一盏枯黄灯，斜挂着。电视里放着乒乓球赛，六爷眼睛昏花，看不清球，只能看到两名球员隔着球桌，手臂挥舞，像两个言语不通的人，卖力地解释着什么。六爷眼皮犯沉，电视机的画面开始扭曲，变成旋涡，旋涡越转越快，周身的零货、电话、衣架，连同着鸟笼子一同被吸进去。六爷心想，操蛋，电视机成精了。六爷想抓住床杆，怎奈身上像被抽空，使不上力气。六爷飞出去，身子缩紧、发凉，像被蟒蛇卷住，又忽被甩出去，破纸一般。六爷落下去，看见周身满满是人，夹着汗味儿、皮革味儿、饮料味儿、面包味儿、脚臭味儿。六爷想吐,吐不出来。目光穿过人头,看到之前电视机里那两位球员还在挥舞着。一个球员突然发狠,一球拍甩在对手脸上,跳上桌子就打。观众席上,人群发一声喊,往下冲,对面的观众也往下冲。大厅摇颤,落下灰来。六爷不想冲,却被裹挟着挨过去。六爷喊着,你们他妈疯了吗!却被人群声盖过去。两群人碰面,厮打在一起,一小子劈面一拳,六爷闪过去,拉住他的头,朝膝盖处磕,那人脸上开了花,倒下去,又站起来。那人又是一拳,六爷挡住,肩膀向外一支,伸手锁他喉。那人脸面通红,挣扎着。六爷瞪眼瞧那人,却发现这人是自己的儿子,晓波。六爷松了手,晓波又是一拳。六爷闪过,大喊着,晓波,是我,是我!人声鼎沸,六爷的嗓子喊哑了,晓波还是面无表情,疯狂地朝六爷挥打。一个人从后面抱住六爷,六爷回头看,竟然是另一个晓波。两个晓波把六爷按到地上,又踹又踢。六爷捂住头,从人缝中,他看到一个披头散发的女人向他缓缓走来,脚底一双白色高跟鞋,一身灰蓝色的裙子,那是他老婆结婚时穿的衣服。他看不清女人的脸,却能闻到她身上熟悉的气味。那女人扳过六爷身子，一把尖刀亮在头顶。六爷惨笑，豆子，你杀了我吧。那女人手停在空中，迟迟不下手。两个晓波在身后喊，杀了他，杀了他！那女人手挥下来，六爷瞧一眼两个亢奋狰狞的晓波，嗓子眼儿冒凉，便把眼闭上。

一阵急促的电话声响起，六爷一骨碌爬起。眼底淌着泪，嗓子发干，脑后像被着了一闷棍。六爷恍惚着奔向电话，接起。

"哪位？"

电话里传来一阵舒缓的音乐，刺得六爷耳痛。

一个合成的女人声不紧不慢地说："尊敬的客户，您本月的电话费还没交……"

六爷颓然挂掉，胸口一阵绞痛。六爷跪在地上，挣扎着爬向床头柜，翻出药瓶，抖出两三颗药，一口闷下去。六爷躺在地上，使劲捶打胸口，身上像被捅了六七个窟窿。透过窗沿，月亮闪出来，一道冷光劈到六爷脸上。六爷缓着气，盯着月亮，他感觉这月亮，血淋淋的。

屋外有人敲门，六爷爬起。从桌子上抄起一根废旧暖气管。

"谁啊！"六爷嘶哑一声。

屋外闷闷的，不言语。

六爷攥紧暖气管，打开门，一个上身粗壮的身影戳在门口。

"六哥，打扰！"那影子发出低沉的声音，嗓子像被砂纸打磨过。

六爷定睛瞧，那男人骑在一辆小型折叠车上，天儿冷，却只穿了一件单薄衬衫。平头，方脸，一把青须。脖子有碗口粗，前臂露出来，筋脉如老树韧根，盘横交错。眉毛像两把快斧，斜斜地吊起。眼睛不大，却冒出光来，如夜里的湖。

六爷扔了手里家伙，"闷三儿，有空了今儿？"

闷三儿闷声道："旁边酒店有个活儿，快到了想起个事，一抹脸过来跟您吱一声，前两天我看见晓波了。"

六爷嘴唇轻微地一颤，"小兔崽子还活着呢！"

闷三儿说："我在一KTV外面碰上的，他说他现在跟别人在东边合租房子住呢。"

六爷说:"哪儿来的钱他?不是被辞了吗?"

闷三儿说:"捉摸不透,我看他身边那群红狐狸绿乌鸦似的,都不靠谱,您老早点把孩子提溜回来吧。"

六爷点点头,"你怎么着呢?俩仨月不见,还单着?"

"还那样儿,瞎鸡巴混!"

闷三儿踹一脚车踢,车子向前滚去。

叁

他倒不怕孤独,也不怕老,只是这世界跟他想的不一样,一身子牛劲,使不出来,两锤子饱拳,打不出去。

杵在那里，不知所措。

闷三儿家临烟袋斜街，五岁时，父亲死了，母亲跟人跑了，他从小跟爷爷住。闷三儿的爷爷早年间是卖大烟的，兼卖着烟枪、烟灯、烟签。新中国成立前，他爷爷瞄准了形势，烧了叶子，砸了烟具，筹一点儿钱，开了个理发馆。理头，修脚，刮脸，不两年，收了仨徒弟。他爷爷技术虽糙，却能说会道。做买卖的，卖力气的，打把式卖艺的，当兵的，唱戏的，巡警，洋人，木匠，铁匠，裱糊匠，诸此三教九流，皆能搭茬儿。一条街上，留下个好人缘。日子不富裕，倒也体面。

他爷爷对待外人虽然和气，对自己的子女却不含糊。闷三儿的母亲以前是个暗门子（暗娼），嫁给闷三儿爹，生了闷三儿，依然不老实，瞄上了药铺的伙计，三天两头，奔药铺跑。闷三儿爹问她，她只推说，身子冷，欠调理，去药铺，找师傅帮忙按按。闷三儿爹虽不说什么，心里却起了疑。回家跟闷三儿爷爷说，他爷爷骂了他一顿，说他胡鸡巴想。闷三儿爹还是放不下，便偷偷跟踪媳妇儿。他媳妇儿到药铺，却不进，绕过后门，一个粉面后生正等着，俩人搂在一处，进了屋。闷三儿爹没言语，回了家，解下皮带，拿火烫了个疙瘩，再用凉水激，坐在床板上，等着媳妇儿回家。

闷三儿妈被打了个半死，梨花带雨，奔向闷三儿爷爷那儿告状，说那浑蛋，没凭没据的，冤枉好人。他爷爷火往上涌，捡了根儿扁担，寻着闷三儿爹，劈头打。闷三儿爹也不解释，买了盒鼠药，心想，操他祖宗，我死了吧。

闷三儿爹死了，母亲跟着小伙计跑了。街上风言风语。闷三儿出门，低着头，不敢跟小朋友玩，小崽子们骂他，婊子养的。捡石子儿扔他。闷三儿和他爹一样，不言语，抱头朝家跑。他爷爷好日子也到头了。"文革"反"四旧"，他爷爷被揪出来，说他早先卖大烟，是封建余孽。他爷爷要解释，被一个革命小将一锁头抽在眼上，从此他爷爷瞎了一只眼，也不敢再说话。那一阵子，闷三儿总是独身一人，上学没人搭理，放学遭人堵，闷三儿不还手，满脸血回家，到家后，看见爷爷也满脸血。

十三岁那年,闷三儿放学,见一伙人持着铁家伙,围住一辆解放卡车。那伙人叫嚣着,拽车门。那司机不紧不慢,抽完一支烟,从车座底下抄起一把斧子,下车就砍。砍倒了两个人,血泼在街上,众人散开一个圈,那司机还要砍,众人发一声喊,四散而逃。那司机把斧子扔在地上,瞅一眼身后默默的闷三儿,咧嘴笑一声,关上车门,轰隆远去。

那以后,闷三儿明白了,谁他妈都一样,都怕血。他从垃圾场里淘,淘出把56式三棱军刺。他回家仔细抹净,揣在书包里。次日放学,一群人堵他,他不慌不忙,掏出三棱军刺,一把扎在那头头儿的腿上。血冒出来,不停滚。众人看傻,不敢吭声。闷三儿收起军刺,拍拍屁股,走了。

他爷爷听说他打了架,一顿闷揍。闷三儿也不抵抗,每天上学,寻一个打过他的人,揍出尿来,算完事。他爷爷很快死了,那一年,闷三儿十六岁。他开始混,交了四个好友,跟他一个揍性,下手毒,不凑群,不拉帮结派。他们五个人浑不吝,遇神杀神,遇鬼灭鬼,敌友不分。后来那四个压不住野性,要抢劫。闷三儿不去。那四人说，你不去，以后就都别跟着我们了。闷三儿说，爱谁谁，大爷不伺候。

后来，闷三儿把小马驹给打了。原因是小马驹打了闷三儿的同学。小马驹本身算小有名气，底下一群人扬言要废闷三儿一条腿。闷三儿躲起来，越想越不是滋味儿，索性大摇大摆走出来，红着眼，腰里别着三棱军刺，他认准了，谁敢靠近他一步，他就扎谁脖子。小马驹看闷三儿的劲头儿要拼命，先怕了。他想到一个人，兴许能帮他解决。于是，他去找了六爷。

六爷带着人围了闷三儿。闷三儿笑笑，为我这么个破鬼，费他妈那么大劲。六爷也没说话，揪出小马驹，一脚踹倒，弹簧锁抽出来，砸在他背心上，小马驹吃不住，一口血吐出来。六爷收起弹簧锁，定睛看着闷三儿，不言语。闷三儿弯腰，把裤腿挽至大腿根处，朝身后一小子借了把刀子，一刀剜下去，切下手心大块儿肉，还了刀子，押下裤腿，一声未吭。六爷点头，说，行，交个朋友。掏出烟来，伸给闷三儿，手停在半空。闷三儿没犹豫，接过来，点上了。

那以前，闷三儿从不抽烟。

1984年严打，闷三儿折进去了。六爷捎一条烟去看他，闷三儿把烟分给狱警，跟六爷说，六哥，甭来看我，我出去了，指不定哪天还得回来。六爷说，世道要变，悠着点儿吧，三儿。闷三儿说，世道要变，还他妈不如就在这儿扎下去。六爷说，别扯淡。

闷三儿出来后，替人要过账，看过场子，当过打手。闷三儿不为钱，只为有个事儿做。为此，闷三儿没少折进去过。六爷劝他，他不在乎。给他介绍工作，他上了两天班儿，把厂长给揍了。给他介绍对象，他不会和女人打交道，半天蹦不出一个字儿来。女方主动说话，他嫌麻烦，点支烟，闷闷抽。女方说，我们看电影吧。闷三儿也不言语，跟着去。看了个爱情片，男主角最后为爱牺牲。女方出了电影院，哭得像个桃儿，问闷三儿感觉如何，闷三儿不言语，女方非要讨问，闷三儿推不过，只好说，男的太他妈笨，哪儿有车撞哪儿。女方一愣，骂他，你不是人！

闷三儿自此一直单着。他倒不怕孤独，也不怕老，只是这世界跟他想的不一样，一身子牛劲，使不出来，两锤子饱拳，打不出去。年轻人在身边长起来，比他能打，比他能拼，只是见钱不见义，谁有钱就跟谁，闷三儿想不通。他跟着一群小孩儿要过次账，被要账的是个老实人，那帮小孩儿上去就用棒球棍打，还烧了人家的车。那次以后，闷三儿再不揽此活儿，他干不出这种事，又干不了别的，于是找了代驾的活儿，每天夜半月出，骑小车子去，骑小车子回，漫漫长路，手、肩、背、脚痒起来，无处发泄，只好猛踹小车子。

闷三儿把车停在酒楼外，一个服务员扶着一个醉醺醺的白胖子走出来。服务员朝闷三儿一指："这是帮您找的代驾。"

白胖子上下打量着闷三儿，"这么大岁数的代驾？"

闷三儿不言语，低头折叠自行车。

服务员为男人打开奔驰车后门，扶着男人钻了进去。

那白胖子探出头来，"别把你那东西放我车里啊！它到处乱划，划坏了你麻烦，赔是不赔？怎么赔？"

闷三儿把后备厢关上,拎着自行车打开副驾驶的车门,要把自行车放进副驾驶座位前面。

白胖子敲着车门,"没事吧你?后备厢不划,改划座套来了,那他妈是皮的,划了算谁的?"

闷三儿立在原地,手在胡茬处蹭着,死死盯着白胖子。

白胖子瞪眼:"怎么着?眼睛被眼屎撑了,看他妈什么看!"

服务员见势不对,忙说:"你把自行车放我们这儿,送完了人再回来取,丢不了!"

闷三儿点点头,把车子立住。打开车门,一脚油门,冲出去。

"操他妈,你让驴给操了?开他妈这么猛!"白胖子在驾驶座后大骂着。

车开到二环路上,白胖子已睡着。街面上,华灯初上,闷三儿压着的火儿,慢慢平下去。

几个黑影伴随着低沉的咆哮,朝闷三儿的车驶来。闷三儿一惊,掰过方向盘,那几个黑影歪扭着闪过,闷三儿一脚刹车停住,看清楚那几个黑影儿是几辆改装车。

"孙子,急着投胎啊?"闷三儿闷声骂。

车后的白胖子被车身晃醒,一脚蹬向驾驶座。"怎么开车的?他妈会开车吗?你丫哪儿来的?河南的吧?还是他妈东北的?东北的也别吹牛逼,臭来劲照样花了你们丫的!问你话呢孙子,耳朵拉稀啦!"白胖子把鞋脱下,一脚一脚蹬。

闷三儿血往上涌,烧了脸。同时嘴角向上撇,他笑了。

"笑他妈什么?跟我这儿装什么傻?这是哪儿啊,你他妈是不是绕路呢?别他妈跟我这儿掉腰子,绕路也不多给你钱,婊子养的!"

闷三儿脸沉下来:"你说什么?再说一遍!"

"送你一遍,婊子养的,婊子养的!"白胖子狠狠踹了一下驾驶座。

前面路口处,有警察在查酒驾。闷三儿换了挡,一脚油门到底,朝路边儿隔离墩儿冲去。

"你他妈要干什么!"白胖子惊呼。

车撞过去,车头凹进,气囊弹出,白胖子身体拔出去,从后座甩到前风挡玻璃。玻璃被撞出霜花。白胖子晕过去。

闷三儿抹一把额前血,踹开车门,走向一家便利店。便利店老板目睹了撞车过程,脸色煞白。

闷三儿从兜儿里甩出一把零钱,"一瓶儿小二!"

老板递过小二,闷三儿拧开盖儿,一边往外走,一边咕嘟喝。

警车驶过来,一名交警下车敬礼,另外的交警在查看伤者,呼叫救护车。

闷三儿指着交警手中的酒精检测仪,"拿来!"

交警愣了一下,递过去,闷三儿叼住,呼一口粗气,读数迅速上升。

交警僵着脸:"请您出示驾驶证!"

闷三儿递过去:"兄弟,问你个事,这情况得圈多久?"

交警说:"人没事的话,饮酒驾驶,扣十二分,罚款一千五,暂扣驾照六个月!你们什么关系?"

闷三儿说:"我是代驾。"

交警埋头记:"那会牵扯民事纠纷,他要告你的话,得走程序,现在不好说。"

闷三儿问:"酒驾是不是马上就拘?"

交警点头。

闷三儿掏出小二,把剩下的一口喝完,"够拘了吧。"

交警用手摸闷三儿脑门儿:"不烧啊?干吗啊,盼着进去啊?"

闷三儿咂摸一口嘴唇,"您知道八四年严打吗?一拳就能判三四年那种,还是那会儿规矩好,里面待着也舒服,有吃有住有朋友,哪像现在这种王八蛋的日子,每天能熬淘死谁,说,我怎么能进去待个三四年?"

交警退后一步,上下打量他:"你喝多了,先跟我回队里做笔录。"

奔驰车那边,白胖子醒来,指着闷三儿,跳脚骂大街。

闷三儿笑眯眯地走过去,"孙子,我这拳头有小五六年不开荤了,今天拿你上上油!"膀子一颤,拳头在白胖子脸上发出闷闷一响。

"操你大爷！"白胖子惨叫一声。

闷三儿笑着："油挺肥啊，沾了一下，都舍不得离开了。"说着，又是一拳。这一拳封了眼，白胖子捂眼滚在地上。

交警拉开闷三儿，"你他妈有病吧！"

闷三儿笑笑："怎么样，够不够判些日子的？"

交警呼叫对讲机："王队，王队，这里有情况，这里有情况。"

"还不够？"闷三儿闪身让开交警，抢过身去，一脚踹在白胖子腰眼上。

几个交警上前抱住闷三儿，"带走，带走，这人他妈是个疯子！"

闷三儿被交警带上车，警车的门一拉上，四周黑起来，闷三儿的心里竟感到一丝安详。他透口气，紧绷的身子松下去，双腿不知不觉展开。

"同志，借根儿烟抽抽！"

"不行。"

"有水吗？"

"没有。"

"我能把座子往后靠靠吗,伸不开腿儿。"
"你他妈当这儿是你家啊!"
闷三儿不言语。
半晌,闷三儿乐出声来。

肆

话匣子还是那个霞姑娘,话匣子不再是霞姑娘。

话匣子四十岁了。腰还在，屁股还在，胸脯还在，只是头发开始变沉，变枯，变涩。二十岁的话匣子，腰身一流，面若桃花，发箍一拢，头发落在肩上，宛若春雨。二十岁的话匣子，时常能听到头发的垂落声。那年月，她去买桃儿，买葡萄，买樱桃，买石榴，买杏儿，头发在肩上颠，哗哗响。摊主冲她笑：霞姑娘，来买桃儿。话匣子笑靥如花，甜么？新鲜不？摊主笑，瞧姑娘说的，我这儿全是一线红，随便尝。话匣子拿来尝，一口下去，笑眯眯的。摊主咧嘴,怎么样,没糊弄你吧。话匣子笑说,有梨香。弯身拣桃儿,头发垂下来,伴着香气,哗哗响。摊主连连点头,有梨香,有梨香。

如今的话匣子,在酒吧后门的厨房,右手持着烧好的热水,头发散落在水池里,一手浇,一手洗。她摸着自己的头发,丝缠乱搅,根根如稻草。这头发,被岁月蒸得没了水汽。她心里烦,左手搓弄着,她想把头发捋直,头发一伸一缩,像装了弹簧。她手上加了劲儿,头皮被揪得发痛,她吃住痛,硬是捋,一小片头发脱落,飘下去,摇摇荡荡。话匣子觉着,这头发飘下去,好慢好慢。

屋外酒吧传来吉他声。有人扫弦,一声比一声野。话匣子听出来,是《花房姑娘》。她跟着琴声唱,越唱越悲凉。她的嗓子暗了、粗了,喉咙里含着什么。她想起不久前,街边儿有个瞎子唱小曲,"春色将阑,莺声渐老",这八个字,她记得牢。

在别人眼中,话匣子像所有北京的姑娘一样,直来直去,性子爽,能喝酒,会抽烟,通宵打麻将,输急了还掀桌子。但是,话匣子在遇到六爷前,不是这样。

遇到六爷前，话匣子还是霞姑娘。爱猫，爱狗，爱花，爱吃水果，爱吃蔬菜，爱穿碎花小裙子，爱套蓝边儿粉底儿的发箍，爱踏一双雪白低腰羽毛球鞋，爱打扮，爱照镜子，爱笑，爱哭鼻子。她人美，性子温和，每天都笑，每天有人送她花儿，送情书，送小玩意儿，约她去颐和园游泳，去香山摘枫叶，去老莫餐厅吃意大利菜。

她不忍拒绝别人，交了七八个男朋友，都宠着她，呵护她，生怕化了，但大都是走一个过场，一两个月就败下阵来。最后一个男朋友是高干子弟，人帅，个儿高，好逞能。经常带一伙人在冰场滑冰，自己人围了大半个冰场，谁进了自己的圈就殴谁。一日，此人要带霞姑娘去冰场，霞姑娘不愿去，此人要显威风，非拉着去。到冰场，候着的小兄弟们早包了场，此人满面春风，在空阔的冰面上显能耐，三周跳，燕式转，弓身转，勾手转，跳得眉毛飞起来。他拉霞姑娘滑，霞姑娘躲一边儿，说，你滑，我看着就行。此人面色尴尬，说，你不滑，咱就走，找地儿喝酸奶去。霞姑娘推不过，只好拉着他的手滑。

抱腰，勾手，霞姑娘愁眉苦脸，那人却教得不亦乐乎。那人紧贴着霞姑娘，劲头儿上来了，手在霞姑娘后腰下滑，要起腻，一个灰影儿冲过来，把俩人撞倒。那灰影儿站起来，满脸愧疚说，抱歉，滑猛了。扶那男的起来，男的起身，一巴掌打过去，那灰影儿右手拿住他腕子，男的想挣脱，却像被钳子夹住。霞姑娘看清楚那灰影儿，三十来岁人，中等个，小平头，瘦，却精壮。灰影儿笑眯眯地看着那男的：兄弟，有话好好说。那男的满面酱紫，破口骂，去你妈的。一群小兄弟围过来，圈住那灰影儿。灰影儿环顾四周，笑说：这场子，你们包了？我见天儿来，没瞧见过你。那男的说，少他妈废话，跟这儿磕四个头，放你走；来劲，今儿就废了你。霞姑娘劝，人家也不是故意的，放他走吧。那灰影儿回过头来，瞧见霞姑娘，两眼闪了一下，盯住不动。那男的嚷，你甭管，要么磕，要么揍！灰影儿冲霞姑娘一笑，姑娘，你人心好，却跟了个王八蛋。那男的急眼，你他妈说谁王八蛋。

这时，圈外冲进来四五个人，为首一个汉子生得极为粗壮，凑到灰影儿身旁，闷声说：六哥，怎么了。

那男的挑眉毛，你他妈是谁？那汉子瞥他一眼，我叫闷三儿。又指着灰影儿说，这是六爷。那男的气瘪下去，指着六爷说：你是六爷？六爷笑笑点头。那男的声音软了，支吾说：不好意思，我眼瞎，今儿这事儿算了。六爷没言语。脱下冰刀鞋，用根儿绳拴起来，挂脖子上，抬头望着那男的：你清了，我这儿没清，你让我今天非磕四个头，我得圆了你意，要不然挡了你威风。那男的退后两步，六爷看一眼霞姑娘，又扭过头来说：不过，先跟你说明白了，磕四个头，那是给死人磕的，我先给你磕了，回头再给你烧纸钱。说着，六爷猫腰要磕头，那男的傻了眼，不知所措。六爷头刚要着地，后脚一蹬，身子滑出去，右手拽下冰刀鞋，在那男的脚腕子处轻轻一抹，血便喷出来。围圈的小兄弟们被吓得先是向后撤，紧接着又围上去。闷三儿从背后抄出根尺把长的短铜棍，闷着嗓子吼：抄起家伙来，来一个花一个。四五个人纷纷从后腰抄起家伙，护住六爷。外围的人不敢动，一小子充大个儿，冲过来，被闷三儿一脚踹出去，滑出老远。又一小子见闷三儿勇猛，闪身到六爷处，一猛子扎过来。六爷侧身，揽住那人的肩，右腿弓起，一膝盖顶花了那人脸。六爷哈哈笑，别他妈单个儿蹦了，一起上吧！众人发一声喊，两伙人打在一起。

六爷左右手舞着冰刀，撂倒了七八个人，血很快弥漫了冰场。闷三儿凑到六爷身旁，哑着嗓子吼：六哥，条子一会儿就来，您先走，我们这儿撑着。六爷说：成，别跟他们黏，差不多就跑。闷三儿说：放心，您先走。六爷右膀子发力，一对儿冰刀鞋朝冲上来的人悠过去，众人散开，六爷趁机向门口跑，看见躲在角落的霞姑娘，便拉住她一起跑。

霞姑娘恍恍惚惚跟着六爷奔了三四个路口，跑到一个旧楼房，六爷拉着她朝地下室跑。六爷撒了手，呼呼喘气。霞姑娘甩着被捏疼的手，一屁股坐在地上。满屋子漆黑，潮湿的气息涌上来，裹得霞姑娘透不过气。六爷哈哈笑。霞姑娘说：你笑什么。六爷只顾乐，不言语。霞姑娘说：你跑就跑，干吗拉上我。六爷说：我拉上你，你可以不跟我跑。霞姑娘说：你力气那么大，我哪儿挣脱得开。六爷说：你路上吭一声，我肯定撒手。霞姑娘不言语。六爷问：你多大了。霞姑娘说，过了七月，刚好二十。六爷不言语。霞姑娘问：你多大啊。六爷说：比你大十岁。霞姑娘喃喃：老不正经。六爷笑，笑后两人都不言语。半晌，霞姑娘周身凉起来，说，咱们非要跟这儿吗？六爷说：先藏一阵儿，等外面清净了，再出去。霞姑娘说：这屋黑。六爷不言语。霞姑娘又说：这屋冷。六爷犹豫，说：你坐过来。霞姑娘坐过去，六爷手抱住霞姑娘腰，霞姑娘也没挣脱。一会儿，六爷撒开手，出去吧，外面清净了。霞姑娘却拉住了六爷，头朝六爷肩靠去。六爷身上一烫，血冲上来，埋头吻上去。

霞姑娘爱上了六爷。六爷跟她说：我五积子六瘦，破鬼一个，老婆刚死，又有一个孩子，我肯定娶不了你。霞姑娘说：臭美，你怎么知道我就要嫁你？六爷点头，不言语。那以后六爷到哪儿，霞姑娘就跟到哪儿。六爷不愿耽误她，刻意对她冷漠，翻脸，发火，该骂的街都骂了，该发的狠都发了，她还是贴着他。六爷无奈，问她：你喜欢猫，还是喜欢狗？话匣子说，喜欢狗。六爷垂头，不言语，拉着霞姑娘就走。路上，话匣子问：去哪儿？六爷说，带你去见狗。霞姑娘兴奋，送我狗吗？

六爷不言语，只管拉着走。两人到一家饭馆。馆子简陋，狭窄，人多，嘈杂，霞姑娘看过去，满屋子都是四十往上的老爷们儿。两人拣位子坐好。霞姑娘问，干吗来这里？六爷说，送你只狗。霞姑娘问，狗呢？六爷招呼跑堂儿，伸出食指，说，要一笸箩熟狗肉，多撒花椒。霞姑娘身子发僵，瞪眼看六爷。六爷眼望窗外。狗肉端上来，伴着热气，蒸在霞姑娘脸上，却是凉凉的。六爷说，来吧，趁热吃，狗肉沾花椒，不麻。霞姑娘死死地盯着六爷，泪珠儿挂着。六爷动筷子，一声不响地吃。吃到一半，六爷停了筷子，擦一把嘴，看一眼霞姑娘，颓然说，我也是没招儿了，我不值得你爱。霞姑娘嘴巴上翘，轻笑一声，从筷子筒里抽出一副筷子，夹起一整块狗肉，就往嘴里塞。六爷看不过，起身拦她，霞姑娘挥开手，另一只手脆生生甩在六爷脸上。

这之后，霞姑娘的心像被凭空拽起，又被狠狠甩出去。她开始混，抽烟，喝酒，男人像火车一样，在她身旁一节一节过。她性子变了，变得和大部分北京姑娘一样，变得什么都相信，什么都不敢相信，什么都知道，什么都不想知道，什么都要挑剔，什么都能凑合，什么话都往外说，什么话都憋在心里，话匣子还是那个霞姑娘，话匣子不再是霞姑娘。

话匣子头发湿漉漉地上楼，一个中年男人提着鸟笼笑眯眯地在门口候着。

话匣子假装没瞧见，掏钥匙开门。中年男人也要跟着进去，话匣子却一把把门关上，中年男人挡住门，嬉皮笑脸："哟，不认识啦。"

话匣子使劲推门："滚蛋！"

中年男人笑："总他妈唱男人的歌，哪天变变？"

话匣子说："变不了，几十年了！哪像六爷您，一天一变，跟花裤衩似的。"

六爷手上加劲儿，话匣子撑不住，六爷趁机溜进来。话匣子哼一声："不要脸！"

两人进屋，六爷把窗帘拉上，回过身来，"哪天出去唱唱，让人也见识见识咱话匣子，打小就自个儿窝着唱，唱到什么时候是个了儿？"

六爷又走过去锁门。

话匣子幽幽道："到死就了了，你关窗锁门的是要干吗？"

六爷锁上门，回身盯着话匣子，一步步逼近。话匣子退后到沙发沿儿，笑说："你想干吗？"

六爷两眼冒出火来，伸手去摸话匣子的脸。话匣子一巴掌扇开，"滚开！"

六爷一把拽过话匣子，脸埋到话匣子脖颈处，深深吸一口，轻言道："我后悔。"

话匣子挣扎，身上却慢慢发软，"后悔什么？"

六爷捧着话匣子的脸，"后悔当初没娶你。"

话匣子眼神迷离："娶我，我也不嫁你！"

六爷把嘴凑到话匣子耳根处："我他妈就是一窝囊废，白天身子僵，夜里身子痒，这日子闷头闷脑的，像在头上捂了层棉被，头上有钉子扎都不知道，我他妈浑，豆子因我而死，你我还不敢要，白花花的时光全他妈让我一人儿闷吞了……"

六爷吻话匣子，呼吸急促起来。话匣子放弃抵抗。六爷解话匣子衣服。

话匣子支吾："大白天的，你是驴不是！"

六爷手忙脚乱："我是驴，你是马，咱们俩造个骡子吧,这酒吧叫什么名儿?"

话匣子喘不成声:"震颤,震颤酒吧……"

六爷劲头儿上来,一把扯下话匣子的裤子,"好名儿,来,震颤一下!"

话匣子笑:"有病!"

两人脱衣解带。门外酒吧,一个男人在唱《北国之春》,"亭亭白桦,悠悠碧空,微微南来风"。楼道有黑猫,瘦得像枯木,蹲到角落里,两眼儿饿得冒光,叫一声,竟没回声。

六爷听见猫叫,后心像着了自己一弹簧锁,胸中裹着团气,闷得嗓子眼儿发甜。他狠狠地甩了两下腰,想甩开那团闷气,却越甩越憋闷。他抬眼望向天花板,白冷的电灯闪,发出嗡嗡声,他看着电灯,眼睛开始泛花,胸口像被锥子扎。

六爷沮丧地起身,开始穿裤子。

话匣子躺在沙发上咯咯笑,"没事儿,没事儿……"

六爷老脸一红,皱眉穿衣,不言语。

话匣子捡一件睡衣披身上,"不成正好,就你这破心脏，要是你在我身上蹬了腿儿，算谁的？"

六爷开冰箱，冰箱里满满都是啤酒、洋酒。

"你这儿没小二啊？"

"没有，爱喝不喝。"

六爷捡瓶外国啤酒，凑眼前看好半天。

"德行！看得懂吗？"

"看得懂，上面写'热烈祝贺张学军同志五十岁生日！'"

"臭美吧！"

"底款儿是'倾慕者，宁麦霞同志。'"

话匣子一枕头砸向六爷。

六爷开酒，一口气咕咚咕咚下去半瓶。

"真他妈难喝，一股子哈喇子味儿。这一瓶酒多少钱？"

话匣子张开四指。

"四十？喝一瓶儿哈喇子要他妈四十，还不如跟你亲嘴儿呢。"

"要不要脸啊你！"话匣子起身夺过啤酒瓶，自己喝起来。

"你说,酒吧有什么可去的?灌一肚子洋水儿,两眼一抹黑,冲到人群里,逮谁摸谁,反正都他妈喝飞了,谁占谁便宜都不知道,尿逼去的地方!"

"充什么好汉啊,就跟你不想挣这钱似的。"

"隔壁老花猫开那间不是求我卖的地界?界底儿那俩南蛮子不是我说话二爷能租他?我要开早开了,活了大半辈子了就差这两个钱儿?"

"那时候你能知道这地方今天这样?后悔去吧你,就烦你这种心里酸着嘴上撑着的,什么年代了六哥?"

六爷咂摸着嘴,"话说回来,我琢磨过,我要是开个酒吧,一定全摆长条凳,一桌放一张高背大椅子,上面铺上一张虎皮垫,外面插一酒望子,喝酒都用碗,有清酒,有浊酒,跑堂儿的得会筛酒……"

话匣子自己点了根儿烟,"进门再贴副对子,'天王盖地虎,宝塔镇河妖',您那是座山雕的聚义厅!"

六爷拍手:"好名字,我们话匣子人美,还聪明,你说说,我当初怎么那么傻?"

"你现在也不精!"

"不精!傻得就剩口水了,哪儿像我们话匣子,脚指甲缝儿里流出来的都是人精味儿！"

话匣子看六爷神色异样，心中雪亮，轻笑："别跟我这儿逗牙签子！说吧，什么事儿？"

六爷眉毛拉下来，红着脸笑。

"借多少？"

"闷三儿酒驾，还打了人，进了号子，酒驾罚两千，打人赔三千，车的钱还不知道呢，交款领人，我凑了两千，你能拿多少给多少。"

"六哥，我手头也不富裕，你也知道我生意什么样儿。"

"得，就当没说。"六爷转身就走。

"闷三儿怎么回事儿啊？当代驾还喝酒，多大岁数了，还作？你说你摊上他有什么好处，那腿上十八针现在夜里还扎得慌吧。"

"你甭他妈废话，一句话，帮不帮？不帮，我也不求着你！"

话匣子把烟头一扔，"酸猴子脸，说变就变啊！不帮！有本事找你那帮瓷器去！"

六爷开门而出。

六爷走出酒吧,太阳刺眼。他心里泛凉,到一家小卖部买了一瓶小二,走到街面上,仰头灌。酒也泛凉,冰爪子一条线,渗到胃里化成火,搅得他心焦气躁。

话匣子提着鸟笼子追出来:"哟,脸儿都绿了,跟我这儿还较劲!鸟笼子不要啦!"

六爷也不瞧她,大步流星地走,"东西都撂你那儿,我踅摸人帮忙。"

"你踅摸谁帮忙啊?谁愿意给你这钱啊?"

六爷瞪眼:"你甭管,我混了一辈子还没朋友了?"

"行啦,老话儿说这叫肉烂嘴不烂。"话匣子掏出一张银行卡伸过去,六爷立住,愣愣地看。

"怎么着?合着我还求着把钱送给你?要不要,不要你再给我磕一个,我也不给了。"

"那我就奉献一把,圆了你美梦,收下了!"六爷接过银行卡,一手狠狠地拍在话匣子屁股上,"闷三儿还!"

六爷转头走了。

"密码,密码你知道吗?"

"知道，我生日！"

"别臭美了！"

六爷嬉皮笑脸："咱闺女，咱闺女生日。"

"我闺女！"

"咱俩谁跟谁啊！"

"德行，有没有点儿别的呀。"

六爷突然立住脚步，转身回来。

"你得再帮哥哥一忙。"六爷踟蹰，烧了脸，"你帮我给晓波打一个电话，用你的电话打。"

"你自己不会打？"

"肉烂嘴不烂，快点儿快点儿！"

话匣子掏手机，"儿子那儿有什么抹不开的面儿啊！"

"我想知道这小兔崽子死没死，惹没惹事儿。"

"号儿？"

"18601216850！"六爷不假思索。

拨通电话，六爷把耳朵凑到手机旁。

电话里传来德国战车暴躁低沉的黑嗓儿声，六爷和话匣子都皱起眉头。

半支歌儿唱完,无人接听。

话匣子又拨,六爷没精打采地说:"算了!"

"通了通了!喂?"

六爷喜上眉梢,凑过来,"问他最近干吗呢,手上还有钱吗?"

话匣子示意六爷别说话,"喂,晓波,晓波?"

电话里一阵杂乱的吵闹声和音乐声,紧接着电话被挂断。

"挂了,我再试试?"

六爷拦她:"别打了,小王八犊子还能接电话,就说明没事儿。"

六爷脸色发干,拍拍话匣子肩膀,转身去了。步子一摇一摇,像飘摇的船。

伍

她还是恨他,这辈子恨他,下辈子也恨,恨得生了疮,长了瘤,积了霉,骨头缝儿里也塞满了怨恨。

深夜，拘留所外，空无一人。月亮惨白，贴在蓝布上，胶水发干，摇摇欲坠。夜风阵阵吹，像刀斧，卷得皮肤要破开。拘留所的大铁门，爬满红锈，月亮斜照，像溢出血般。六爷候在铁门老远，却闻到股股血腥味儿。

灯罩儿给六爷点烟，火苗子却像水，被风一吹而走。六爷蹲下，两人箍起手，火苗子微弱，颤颤巍巍，凑近烟草，叶子艰难地撕裂、爆破，继而卷起火星，挑出烟来。六爷深吸一口，嗓子眼儿发热，腿脚发麻。

铁门打开,闷三儿斜挎着灰布包,直了直身子。望见六爷他们,打个手势,朝他们走来。

六爷将燃好的烟递给闷三儿。闷三儿接过烟,道一声:"六哥,费心!"

六爷不言语。

闷三儿吸一口:"去哪儿?"

六爷说:"老规矩,先洗个囫囵澡,去去煞气。接茬'风满楼'涮羊肉。"

闷三儿回身指着拘留所大门,说:"澡甭洗了,留着煞气让这屋儿里给我腾地方。"

六爷一脚踢向闷三儿屁股:"脑子给搅拌机搅了是怎么着,甭废话,我说洗就洗!"

风满楼的羊肉,现宰现吃。大冰柜里冻着整只整只羊,客人现挑,伙计现宰。

六爷、闷三儿、灯罩儿围拢着铜锅子坐,热气蒸上来,三人面色红火。

伙计拿来一瓶白酒:"今儿个怎么着,喝这么好的酒?"

六爷拧开酒盖儿:"不过了!"

闷三儿灯罩儿也齐声说:"不过了!"

伙计要走,闷三儿拦他:"再上一份儿软熘肉片儿,要宽汁儿。"

伙计记下,离开。六爷笑:"这么多年了,还好那一口儿?"

闷三儿闷口酒:"我这操性的还能怎么着,一口肉片儿吃到死,灯罩儿记着,我死你头里,每年都得给哥哥坟前敬一碗这个。"

灯罩儿面皮煞紧:"三哥,别什么话都说那么绝!"

六爷举杯,三人干了一杯。

闷三儿透一口气:"熬淘,熬淘,怎么他妈日子就跟温吞水一样?"

六爷夹一口肉:"那你想怎么着?"

闷三儿不言语。

六爷说:"打架,杀人,还是要账去?你是那个岁数吗?"

闷三儿脸红:"六哥,我不吹牛逼,寻常七八个人还近不了我身。"

六爷说:"我信!七八个人近不了,七八十个人总能收拾了你吧。三儿,不是那时候了,老实人不打冤家,刺儿头们掉钱眼儿里跳都跳不出来,你想打架,也容易,瞅那边儿卖驴肉火烧的那家了吗,你过去,要五个肉火烧,直接拍厨子脸上,你看他拿刀追不追你?"

闷三儿不言语。

灯罩儿给闷三儿满上:"三哥,你英雄,一把三棱刺撂倒多少人,大家心里雪亮,可六哥是孬种?不他妈也一样瞎混吗?"

六爷说:"谁他妈瞎混了?那叫过安稳日子!"

灯罩儿连连点头:"过安稳日子,过安稳日子!三哥你做代驾不也是想过安稳日子?"

闷三儿笑笑:"你瞅我这揍性像过安稳日子的吗?"

六爷把脸凑到闷三儿跟前:"你瞅我这揍性的呢?"

闷三儿举杯:"得了,六哥,我再说不是,显得我矫情了,就当这王八蛋日子搁酒里了,咱仨走一个!"

六哥举杯:"敬王八蛋日子!"

灯罩儿斟满:"敬王八蛋日子!"

仨人痛饮。

酒过三巡，菜过五味。仁人喝得都有些飘。

灯罩儿摆手："不能再喝了，再喝我怕控制不了自己，俩蹄子不定会摸到哪个女服务员的屁股上呢。"

六爷笑："怎么了，怕回家跟媳妇儿交不了差？"

灯罩儿傻笑："夜夜汇报，真有点儿撑不住！"

闷三儿问："六哥，你跟话匣子怎么样了？"

六爷叹气："能怎么样？我年轻时傻逼，吃狗肉摆了人家小姑娘一道，我是个粗人，也知道这下三烂的招儿让女人骨头冰凉，现在再去跟人家搭关系，那我就真不是人揍的！"

闷三儿叹："挺好一姑娘。"

六爷把嘴凑闷三儿耳旁，低声说："也不是没想过，我就怕我他妈那兄弟不行了！"

闷三儿瞪眼，大声问："谁兄弟不行了？我能帮上忙吗？"

灯罩儿哈哈笑。六爷红着脸摆手："我这位兄弟你还真插不上手。"

灯罩儿说："前一阵儿还看见霞姐跟一二十多岁小子在街面上溜达，有说有笑的。"

六爷垂了脸:"听见没?人家吃嫩草的主儿,我个老光棍儿跟着瞎鸡巴起什么哄!"

六爷倒满一杯酒,一口灌下去。一副颓唐样儿。

闷三儿一筷子敲在灯罩儿头上:"你他妈那俩瞎眼看准了吗?"

灯罩儿掰扯:"瞧得真真儿的,霞姐脸红得跟猴屁股似的,男的笑咧嘴,都看见后槽牙了!"

六爷不言语,一口一口喝酒。

闷三儿赔笑:"准是认的干弟弟,俩人岁数差这么大,不可能。"

六爷惨笑:"有什么不可能的,一个干柴烈火,一个如狼似虎,凑一对儿,下一群崽儿。"

闷三儿陪酒:"不说这个了,喝酒!"

六爷醉眼蒙眬:"别不说啊,好像我躲着似的,没事!她这一篇儿我早翻过去了!我们得认清现状,现在什么他妈都是小崽子的天下了,小崽子能打,能拼,能挣钱,能戏果,戏尖果,戏苍果,自己忙活得热火朝天,说他妈不搭理我们就不搭理我们了,猫眼儿让小崽子打了,嘎古让他儿子给揍了,接下来就是我,我梦见晓波揍我不止一回了,俩拳头不认亲爹,抡圆了揎我,我苍孙一个,大傻逼,揍得不敢还手,我让他打,我让他打残废了我!打成血瓢儿,打得眉毛眼儿拴一块儿,打成一脑子糨糊,打得最好我他妈不认识他,他也不认识我,世界就清净了,没谁他妈招我了……"

六爷哽咽,肚子里酸水儿滚一起,翻腾着,豆大的泪珠儿冒出来,砸着桌面,脖颈子绷紧,几根粗筋胀起,喉咙处跳跃着,颤颤的,好像随时会崩断。

闷三儿和灯罩儿瞧着哽咽的六爷,心中惶惶。

仨人闷声不言语,锅里的汤蒸到见底,几片儿羊肉被涮老,在铜锅儿壁上,死死贴着。

六爷缓过劲儿,问闷三儿:"他说他在哪儿了吗?"

闷三儿说:"他就提了一句他和朋友在东边一小区合租,让他朋友喝酒就叫我去开车,有个地址,旁的没有!"

六爷淡淡一笑:"就是上辈子欠下的,这会儿讨债来了!地址给我!"

闷三儿说:"给你可以,可有一样,找着了,你得有话好好说!"

六爷说:"放心,我是他儿子!"

六爷屋里电视机闪着,里面播着中国乒乓球队获得冠军的领奖仪式,伴随国歌声,六爷肩膀一颤一颤的。有人开门进屋,六爷回头,看到话匣子提溜着一大兜东西,错愕地看着六爷。

话匣子忍不住笑:"哟,哭了?够爱国的!"

六爷摇头,抹一把脸:"岁数大了,看一会儿电视眼睛就发涩,见光流泪!"

话匣子笑:"听说过见风流泪,见光是第一回。见着你儿子了?"

六爷说:"见个屁,敲门没人答应。"

话匣子说:"许是出去了,你没等等?"

六爷说:"我等他?等他干吗,又不是什么要紧的事儿。"

话匣子说:"你没买点儿东西去啊?"

六爷低头说:"没买!"

话匣子盯着六爷:"瞧你那样儿,买就买了,还装什么大尾巴狼啊。买的什么?"

六爷说:"新鞋,驴打滚!"

话匣子把一兜儿东西撂桌上:"这不挺会心疼人的吗?"

六爷说:"碰上了,顺手抄上的。"

话匣子打开兜子,从兜儿里掏出啤酒、花生米,几样热菜、冷菜,一一码好,说:"得了吧,会心疼儿子,也别耽误了自己,打包的羊肉包子,没吃呢吧你?别光指着二逮子,酒腻子也得靠粮食活告诉你!"

话匣子摆完,往屋外走。

六爷喊话匣子:"话匣子……"

话匣子转身,六爷神情黯然。

"缺个说话的?"话匣子心软下来。

"不用说话,陪陪,陪陪我就好。"

夜里,话匣子胸口泛凉,睁眼看,被子被掀开一角。床头六爷光着身子,闷闷抽烟。屋里黑,窗外月光冲破几片树叶,映照在六爷光秃秃的背上,像车身打了蜡花。二十年前,话匣子也是这样看着他。那时候,六爷也常常半夜起床,点一根儿烟,闷闷地抽,有时叹气,有时喃喃说些什么,有时竟一巴掌抽在自己脸上。那时她看着,心里害怕,不敢吭声。如今看他,心寒,却竟起一丝怜悯。她还是恨他,这辈子恨他,下辈子也恨,恨得生了疮,长了瘤,积了霉,骨头缝儿里也塞满了怨恨。只是这恨见不得他本人。好像六爷身上抹了桐油,那恨就像苍蝇,站上去,就闪了腿。

话匣子起身,默默地在六爷身后搂住他。六爷身子一震,回身,两只眼睛红肿着,定睛瞧着话匣子。话匣子瞧着他,两人都不言语。话匣子搂着,感到六爷的皮肤一点点变软,胸腔变窄,头变小,硬骨头化了,脖子耷拉下去。屋外狗吠,六爷的身子像婴儿一般微微颤抖。终于,六爷把头低下去,埋在话匣子胸口。话匣子胸口变湿。夜风透过窗沿吹进来,那潮湿变凉,像冬天的手掌。

翌日,六爷捯饬,穿衣,蹬鞋,在镜前左右扭,刮胡子,拢头发。话匣子瞧在眼里,不住笑。六爷脸红,背过身去,掸裤腿儿。

"瞅瞅,见儿子比见亲爹还细致,我跟你那会儿,都没瞅见你这么装扮。"话匣子笑。

"我没装扮，现在有人装扮了。"六爷不回头掸裤子，腿脚周围拢起烟尘来。

"什么意思？"

"大意思，小意思，差点儿意思，没什么意思。"

"酸不拉几的干吗？有什么话直说。"

六爷直起身，回头看话匣子，笑着："女的一过四十，是不是都痒？浑身麻痒难受，神经浑浑噩噩，跟醉了似的，就欠用条棍子收拾。是不是？"

"你想说什么？"

"这棍子也分大棍子、小棍子、硬棍子、软棍子、新棍子、旧棍子。大棍子砸身上，当下痛快，过后疼；硬棍子闷脸上，解乏消疲；新棍子挨屁股上，新鲜刺激。只是这小棍子、软棍子、旧棍子不行，文火慢炖，不痛不痒，惹得人发烧！"

"张学军，你别他妈转着弯儿说话！文绉绉的，你改造成说书先生啦！"话匣子脸上变色。

六爷推开门，脚向门外跨，"灯罩儿有一天看见你和一二十来岁小孩儿在街上走，有说有笑的。"

话匣子气笑。

"你也甭乐,在我这儿用得着掩饰吗?"

"谁掩饰了!就是在一起了!我爱跟谁跟谁,你管得着吗!"

六爷笑了:"管不着,婊子换衣服,一天一身花儿!"

"张学军,你说清楚,谁是婊子!"话匣子眼里闪出泪花儿来。

六爷关门出去。

小黑屋里,话匣子久久不动。半晌,身上开始冷。话匣子想起那年月和六爷同处地下室的情景。那年月,她身上也是这般冷,靠在六爷身上,皮肤张开,像起了涟漪。这会儿她冷,昨晚六爷的头靠她胸口上,也冷。二十年过去,她老觉着冷,仿佛岁月变成了毛刷子,把皮肤磨掉一层又一层,肉擦薄了,毛孔刮软了,骨头敞在外面,风扯着肉,破纸一般。话匣子打开窗帘,阳光像水,洇湿了窗户。话匣子抹把眼泪儿,心想,王八蛋,昨儿个还好好的。

陆

黑脸儿摆手:"你打我,我不言语,我服!"

黑脸儿光着,镜子里自己,胳膊一身花,胸口一撮毛。黑脸儿用力拍肚子,皮荡开了花,肉向下滚。他捏着肚皮,使劲揉搓,肉搓红了,像澡堂子里一膛炉火。黑脸儿挂上手牌儿,拾了毛巾,捡了肥皂,掀开布帘,一股子热气踹脸上,黑脸儿脑子蒙,晃晃悠悠,像喝了。

俩池子,一大,一小,一温,一烫。大池子闹腾,几个小崽子光屁溜,水里扑腾。黑脸儿坐池子边儿上,腿刚伸进去,一崽子从水里冒出来,溅了黑脸儿一身。

黑脸儿回头,几个中年人在蓬头下冲澡,"这是谁的孩子?"黑脸儿指着那小崽子问。

"我的!"一个中年人回过身。

"管管,一池子泥灰,吃一嘴鸡巴毛,不嫌脏啊。"

"不好意思,脸儿哥!"中年男子哈着腰,除了拖鞋,吼着孩子,跳进池子就打,孩子哭,硬生生被提溜出来。余下的几个孩子吓傻,也纷纷跳出来。

黑脸儿屁股一滑,身子沉下去,水缠过来,像热白布,裹得皮肤缩进去,又抻开来。

黑脸儿闭眼,池子外,搓澡师傅有节奏地拍着背,哼叽哼叽,哼叽哼叽,那声音在堂子四周打旋,伴着水声,似岁月奔走。黑脸儿听着,心渐渐沉。

一盆水淋下来,黑脸儿被一激,变了脸儿,身子腾地站起,扭头怒视。池子外,一个光着身子的中年男子,手拿一个盆儿,搭一条毛巾,眯缝着眼儿乐。

黑脸儿定睛瞧,抬起的拳头僵在空中,"哟,六爷?"

六爷笑眯眯,"别臊我!叫我六儿就行,论资排辈儿,我还得叫你一声脸儿哥。"

"当年你拿弹簧锁勒我的时候,可没听见你这么叫过。"

六爷盯着黑脸儿还在半空的拳头,"小时候不懂事,一刀一枪,只当是蒙了眼,脸儿哥要是介意了,这拳头就砸我一鼻血?"

黑脸儿缓缓放下拳头,侧身一让,"泡泡?"

六爷跳进池子里,一条毛巾捂脸上。

黑脸儿躺旁边,"老边说过,当初没把你废了,你早晚还得回来,真成,这多少年了?"

六爷摘了毛巾,"小二十年。人能全须全尾活到现在不容易。"

黑脸儿点头,"不容易!我小时候住的那栋楼里的孩子,不是他妈被抓了,就是他妈被判了,埋的埋,毙的毙,没被抓的,也被人扎了、捅了,我被抓过,被判过,被扎过,愣是没死!"

六爷笑,舀一盆儿水,兜脑袋上。眼睛盯着天花板,不言语。

黑脸儿问:"三儿呢?"

六爷说:"刚出来。"

黑脸儿："什么岁数了，还折腾。"

六爷笑："什么岁数不岁数，脸儿哥刚才那拳头绷得不也挺紧。"

黑脸儿说："拉鸡巴倒，唬唬人罢了，我还真敢甩出去？"

六爷笑。两人不言语。

六爷侧过身，盯着黑脸儿。

黑脸儿笑了，"有什么说什么吧，用得着我的地方，我不敢说办成，卖膀子力气总是有的。"

六爷点点头，沉吟了一下，"我儿子被绑了。"

黑脸儿脚一滑，栽进水里。

澡堂子边儿上的小酒馆，六爷和黑脸儿俩人对坐着。

黑脸儿给六爷满上，"怎么回事儿？"

六爷一口下去，嘴里冒火。"我从三儿那儿知道的晓波的住址，头一次去，没人在家，二次去，一黄毛崽子跟屋里打游戏，还他妈吃着我上次给晓波带去的驴打滚，我问他晓波在不在，黄毛崽子挺横，张嘴骂街，我扭他胳膊，他拉了胯，认尿，我又问他，他支支吾吾的不肯说,我心说坏了,晓波肯定惹事了。果然,那黄毛说晓波招了别人的马子。"

黑脸儿皱眉:"招了就招了,至于把人扣住吗?"

六爷表情凝重:"听那崽子说,晓波去了个什么文身的地方,认识了那儿文身的姑娘,把人给睡了,结果那姑娘的男朋友知道了,带人打了晓波,晓波气不过,把人家车给划了。"

黑脸儿点头:"那帮人什么来路?"

六爷说:"丰台那边儿玩儿改装车的,晚上喜欢在三环上飙车,叫他妈什么三环、三环……"

黑脸儿说:"三环十二少!"

六爷拍大腿:"照!脸儿哥认识?"

黑脸儿摇头,"不认识,但是我知道,这一帮小崽子差不离每天晚上都在我们厂子边飙,排气管儿拆了消音器,附近的老头老太太都跟街道反映了,报了警,抓住罚俩款又放了,管不了!"

六爷问:"他们跟谁的?"

黑脸儿说:"谁也不跟,一群傻逼孩子,非官即富,仗着家里有俩钱,胡鸡巴造!"

六爷身子前探:"他们平时改车的地方跟哪儿?"

黑脸儿摇头:"不清楚。"

六爷说:"南城这一片儿修车厂不都是你罩着吗?"

黑脸儿:"别扯了,都哪年的事儿了,这年头,谁还带咱们这种人玩儿啊,早他妈下课了。"

六爷不言语。半晌,把杯子里的残酒闷掉:"行吧,打听着点儿,我先走了!"起身离去。

"等会儿!"黑脸儿叫住六爷。

六爷立住。

黑脸儿掏手机:"他们那里面有个玩儿车的小子,最近到我的修车厂买过件儿,估计我底下干活的人有他的电话,我问问,有的话帮你把那小子的电话号码要来!"

六爷笑:"脸儿哥费心了。"

黑脸儿摆手:"你今儿叫我脸儿哥,已给足我面子了,说实话,咱俩有梁子,不过别人打我,我非找补回来,你打我,我不言语,我服!"

夜已深。火车驶过六爷头顶。火车长眼,轨道像舌头,轮子磨红了,空气被擦薄。天上堆着云,蘑菇块儿,月亮被吃掉一块儿,格外黄。六爷手里拎着个快递包裹,头上火车轰鸣,震得两耳瘙痒,心发慌。

一辆紫色锐志缓缓驶来,六爷招手,锐志停在六爷边儿上。车窗打开,一个尖脸小子伸出头来,神色慌张。

"你是送快递的?"尖脸问。一口南方口音。

"侯小杰?"六爷问。

侯小杰点点头。

"等你半天了。"六爷拎拎手里的包裹。

"我怎么没记着我买了车配件?"

"丰台长丰汽车修理厂的,这快件儿搁我这儿好几天了。"

"得了,放我车里吧。"侯小杰打开了中控锁,六爷拉开车门,直接坐进了车后座。

侯小杰一时没反应过来,刚要回身,六爷一把抽出弹簧锁,迅速在侯小杰脖子上一缠一扣,并把另外的弹簧锁环环相扣于自己的手里。

侯小杰感到脖子一紧,血冲到脑顶,气息塌了一截。

"你要干吗？我身上没钱！"

六爷手上加劲儿，"小子，这早年间叫弹簧锁，打人时候捏大头不捏小头，知道为什么吗？小头专伤内脏！我儿子叫张晓波，他被你的朋友给扣了……"

侯小杰被勒得直咳嗽，"不知道！你给我下车！"

六爷嘿嘿笑。

"我喊人了啊！"

六爷手上一缠，侯小杰直翻白眼儿。

"你喊得出来吗？"

"抢劫啊，抢劫啊！"侯小杰哑着嗓子喊。

"大点儿声！我他妈耳背，听不见！"

车窗外，几个中年人路过。

"抢劫！"侯小杰拼尽全力地喊。

窗外，一个粗壮的中年人犹豫地停下来，敲车窗。车窗打开，六爷嬉皮笑脸看着他。

"怎么回事儿？"中年人紧着胆子问。

"老子教训儿子，没瞅过吗？"

"狗屁，他根本不是我爹！"

六爷敲了侯小杰脑袋一下，"花我的钱，开我的车，到了儿不认亲爹了,您给评评理!"

"他不是!……"侯小杰大喊。

"小兔崽子!欠抽!"中年人骂了几句粗话,转身离去。

路人远去。六爷看着侯小杰,侯小杰目光黯淡下去。

"怎么着,踏实了?"六爷笑道。

"你儿子是小飞扣的,跟我没关系!"

六爷眉头一皱,身子前探,"小飞是什么人?"

"不熟!"

六爷的锁又打开。

侯小杰忙说:"不熟但是了解!他家湖南的,常驻北京玩,我们就是跟他一块混,他有点儿钱,你儿子划的就是他的车。"

六爷说:"听说你们要废了他?"

侯小杰忙摆手:"不是我说的,是小飞说的。"

"怎么个废法?"

"也就是打两下,最多留下根手指。"

"小鸡巴崽,玩儿得还挺猛。"六爷低声骂。

"不过你儿子那情况不至于,最多是扣几天,踹两脚，解解气就放了。"

"你们剁过人的手指头吗？"

"没有。"

六爷低头思忖。"小飞人在哪儿？"

"住哪儿不知道，现在应该在修理厂，今天他们有比赛。"

六爷看着侯小杰，侯小杰一脸不解地望着六爷。

"别愣着了！走啊！"

"去哪儿！"

"你说他妈去哪儿？冤家手里要人啊！"

柒

小飞觉得,这世界就像迷宫。

小飞盯着眼前的车，他左看右看，绕着车身看一圈，觉得还要改。前杠，后杠，中网，侧裙，尾翼，轮眉，轮毂，叶子板，都要改。喷紫色珍珠漆，滚一圈儿金，顶子卸了，车灯拆掉，怎么扎眼怎么改。汽修厂泛着漆味儿，酒瓶子躺一地，边儿上几个哥们儿坐前车盖儿上，抽着烟，夸张地笑。小飞把车镜掰过来，镜子里出现一个韩国明星，他记着曾经在电视里见过，韩国偶像团体，EXO还是么子卵。统一大长腿、大眼睛、高鼻梁，脱下衣服来，刀刻一般的肌肉，瘦，白，小姑娘见着，吃了药似的，疯狗一样扑。他看着自己，眉毛鼻子眼儿都像他们，发型，衣着，跟他们也一样，他满意地笑笑。他明白这个世道，但是也不晓得状况。男色时代，男人跟车一样，越扎眼越好，可是大街上走的车，行的人，都一个模样，说着一样的话，摆着一样的Pose，却都说自己有个性。80后，90后，00后，一刀子切开，人被年代圈进去，抬起架子，看过么子，吃过么子，说过么子，都在圈子里，拍照一个角度，微笑一个弧度。微信、微博、陌陌全是照片，吃的，喝的，玩的，晒包儿的，炫钱的，挤胸的，露屁股的，眼睛瞪得像个铜铃，腿长得似双筷子，每天的信息，轰得人没了魂儿，找不着北，摸不到路，分不清人。正能量，负能量，徘徊左右，搞得大家像电池。人像撒了癔症，疯了似的拥在网上，敲几下，一溜儿脏话，尾随着六七个感叹号。下定义，定标准，出了自己的圈子，全他妈该死。好的事人眼气，坏的事人瞧笑。但是小飞不急不气不笑，对于他来说，这些都是臭狗屎。他心想，嬲你妈妈别，你们看过么子！

小飞不知道自己什么时候迷上的车。幼时，司机送小飞爹回家，他妈携小飞在楼下迎，司机灭了火，把小飞抱上去。小飞手握方向盘，嘴里嘟嘟发声，不停按喇叭。街坊邻居探头，那司机叉腰立于车旁，铁塔一样，众人不敢发声。小飞见众人探头，更兴奋，拼命按喇叭。众人不再看，他便没了兴致。自家车玩腻了，便玩他爹单位的车，他爹单位的车玩腻了，玩他妈单位的车。好车，坏车，豪车，贱车，长沙几个单位的车，他玩了一圈，终于腻了，郁郁寡欢。饭吃不下去，觉睡不大着。他爹妈、舅舅、大伯、大姨，给他买了上百件汽车玩具，他都看不上，他姑姑从香港带回一辆遥控车，能爬坡，能翻滚，能直立，他玩了一宿，从楼上扔下去了。翌日，楼底一群小崽子耍，见草丛里一辆亮蓝色遥控车，蜂拥去抢，打得不可开交。小飞从楼上看他们打，遥控车被拉来扯去，顶盖卸了，轱辘飞了，一群孩子压在一起，肉贴着肉，脸挨着脸，面孔变了颜色，嘴里骂着，嬲你妈妈别，嬲你爸爸别。阳光直射，小飞身子发凉，小孩儿的脸看不清楚，如一口一口面，一担一担米，一块一块豆腐，碰在一起，压在一块，扭曲，歪斜，颠倒，看得直恶心。一盆水从楼上浇下去，兜了小崽子们一头，小崽子们愣住，撒开手，零件掉一地，朝楼上看，望见小飞，小飞也直愣愣望他们。水溅起尘埃，笼了身子，遮了眼睛。小飞觉得，这世界就像迷宫。

眼见孩子日渐消瘦，家里人愁眉不展，请医生，看大夫，银子像泼出去的水，就是听不见回响。一日，他姥姥带小飞遛弯，溜到坡子街，姥姥买臭豆腐，给小飞吃，小飞不看臭豆腐，眼睛挂在街边的卡车上，拽不下来。他姥姥左看，右看，不明白小飞为么子喜欢上这么辆破车。这是辆1986年产的141解放。车身斑驳，蓝蓝绿绿，栏板上挂满泥，前轱辘左扭，后轱辘瘪了气，歪歪斜斜，从楼上看，像只没人要的懒汉鞋。但是小飞着了迷，满面红光，他姥姥见了，大喜，找来小飞妈，俩人四处打听卡车的主人。主人是河北人，跑运输的，拉一架电视塔来到长沙。小飞妈说，我家娃要玩儿你的车，把钥匙拿来。主人说，你是谁，凭什么让你玩。小飞妈说，不是我玩儿，是我家娃玩儿。主人说，谁家娃也不行，这家伙是用来吃饭的，不是拿来玩儿的。小飞妈不耐烦，跟个孩子计较么子，你这破车跑不了俩星期，就散架了。主人说，跑不跑得了，你说了不算。小飞妈看一眼卡车，问，你跑这一趟能挣多少？主人说，三四千吧。小飞妈说，你让我家娃上车，一小时五百，他玩腻了，我给你钱。主人说，玩儿去。小飞妈说，一千。主人眼珠子转，说，要不这样，这车，我五万块卖给你，你家娃随便玩。小飞妈说，我想想。歪头看小飞，小飞正扒着车镜向里看。小飞妈说，两万，我买了，不卖就算了。主人说，卖卖卖。主人从裤兜里掏出钥匙，开车门，左扭右扭，却不开。主人急眼，竟冒出句长沙话，碰哒鬼咧。

　　小飞上了初中，他爹开始发达。从市里调到省里，官职连升三次，从楼房搬到别墅。房子变大，客人变多。客人一进门，拎一包东西，先进小飞屋，摸摸小飞头，笑眯眯，恰饭哒冒（吃饭了吗）？小飞埋头玩游戏，不答话。客人把东西放在桌上，笑说，你阿姨从欧洲带回些小玩意儿，不知你喜不喜欢。小飞爹闪过小飞屋门口，见小飞对客人埋头不理，厉声斥责，大大问你话，你耳朵堵塞了哇？小飞抬头，朝客人鞠一躬，大声说,大大好。起身出屋。小飞爹赔笑,细伢子不懂事,欠打。客人眉毛笑开花,不碍事,不碍事。小飞爹说,东西就拿回去吧。客人笑,不碍事,不碍事。

小飞家里每天进出十几个"不碍事"客人,笑眯眯进,笑眯眯回。小飞爹怕母子俩麻烦,又在郊外买了套别墅。开始时,小飞爹一周回两次郊外的家。后来,一周回一次。再后来,一个月回一次。最后,小飞爹干脆不回。每个月打发司机送去客人带来的礼品,捎一沓子钱。司机不再是那个铁塔一般的司机。小飞爹升了官,房子要换,车子要换,司机也要换。这个司机是山东人,幼年学过武,一件青灰色短衫,一年四季不换。个子不高,胸膛不阔,宽额窄腮,两条前臂绷出筋来,看上去没有"铁塔"威武,却精明干练。司机每次过来,放下东西,匆匆而去。一日,大雨,又来。司机敲门,往常是小飞来迎,这回是小飞妈开门。司机放下东西,从纸袋子里掏出一沓子钞票,直愣愣地伸出手,眼睛不瞧小飞妈。那日,小飞妈刚洗过澡,头发湿漉漉,满身兰花香。穿一条连体蓝纱裙,透过薄纱,雪腿隐隐。小飞妈接过钱,眉目含笑,望着司机。

司机头更低，转身要走，小飞妈拽住司机手臂，说，你风里来，雨里走，也辛苦了你，雨大，车轱辘吃泥，不好走，进来吃碗汤，暖暖身。司机回头望，雨若密网，兜住苍穹。远处街道，三两雨伞，并排蠕动。天空暗得发紫，像块铅板，要压下来。小飞妈笑，别看咯，这雨下不住的。司机点点头，埋头往里进。小飞妈说，脱靴子，脱靴子。

　　小飞称呼司机为胡叔叔。胡叔叔从一个月来小飞家一次，变成一周来一次，后来一周来两次，最后，有事没事也要来一次。小飞妈辞了工作，每次胡叔叔要来，都洗得香喷喷。头发湿漉漉，满身兰花香。这日，小飞妈说，小飞啊，你朋友过生日，你不去？小飞说，他上周过的生日。小飞妈塞一笔钱给小飞，孙大大他儿子上次请了你，你这次也回请他。小飞说，不去。小飞妈说，怎么不懂事，你爸爸跟孙大大是老战友，现在都是省干部，又是你爸爸的上司，礼尚往来你晓得不。小飞说，不晓得。小飞妈气急，不晓得，也得去。小飞说，好好好，我请他，但今天不行。小飞妈说，为么子。小飞说，不为么子，就是今天不行。小飞妈望了望挂钟,说,那你去找你爸爸,你两三月见不着你爸爸两回,去找他,跟他聊聊天。小飞说,你为么子不跟着去,他为么子不回来?小飞妈一时语塞,说,妈妈不舒服。小飞说,那我陪着你。小飞妈气哭,转身出屋,抽噎着,细伢子,跟你爸爸一个死样,都不叫我安生,都不叫我快活,都不叫我好。

小飞说,那天我回来,看见一条领带掖在客厅沙发的缝里,等我从屋里出来回到客厅,那领带又没了。小飞妈站住回头,说,么子领带?你说么子?小飞冷笑,你道我不晓得,装么子傻,那司机平日里只穿一件青灰短衫,自从三天两头朝咱家里跑,西服笔挺,皮鞋锃亮,一条蓝色印花真丝领带,光滑滑,直溜溜,牙齿白闪闪,他一个司机,穿成这样,干么子?谈生意,还是会鸡婆?小飞妈冲上去,挥手一巴掌,骂道,你个冒卵子的,造反啊!去找你爸,我养不了你!小飞捂着脸,冷笑说,你当然养不了我,你还不是我爸养着,你和那司机的事,我早告诉了我爸。小飞妈脸色惨白,双唇没了血色,身子颤起来,蹲在地上,半晌,不讲话。小飞有些于心不忍,低声说,妈。小飞妈突然跳起,又是一巴掌，小飞闪过，小飞妈抢了个空，手掌打在墙壁上，发出皮肉骨响。小飞妈一愣，突然大哭起来。小飞慌了手脚，立在原地，不知所措。

门铃响。小飞妈抢去开门，被小飞一把拉住，拽倒在床边。小飞开门，一个男人站在门口，一身黑衣，两撇小胡子，眼眶深凹，既没穿青灰色短衫，也没戴蓝色印花真丝领带。小飞问，你是谁？男人说，我是刚调来给谭副省长当司机的。大家叫我龚叔。小飞说，姓胡的呢。龚叔缓缓摇头，不晓得。小飞妈跑过来，推开小飞，为么子不是胡琛，为么子换了你？龚叔躬身微笑，谭夫人吧，你好。小飞妈推一把龚叔，龚叔后退几步，依旧微笑。小飞妈叫嚷，用不着你管！胡琛呢？龚叔说，我不晓得么子胡琛。小飞妈知道事情败露，泪眼婆娑，哭，你们把胡琛弄到么子地方去了，你们把他怎么样了？龚叔不答话，转脸向小飞，你是小飞吧？小飞点头。龚叔说，你收拾收拾东西，随我去吧。小飞说，去么子地方。龚叔说，北京。小飞说，为么子去北京。龚叔说，谭副省长交代的，让你去北京上学，入学手续、房子、车子、花销，一切备齐。

小飞说，我在长沙待得蛮好，去么子北京，你跟我爸爸说，我不想去。龚叔说，冒办法，我的任务就是接你去北京，去也得去，不去也得去。小飞怒，你算个毬！挥拳向龚叔，龚叔拿住小飞手腕，皮笑肉不笑，少爷，我是下人，干么子跟我过不去？小飞手腕酸疼，大嚷着，不去，就是不去！我要跟我爸打电话，我要跟他打电话！龚叔叹口气，突然身子一矮，左手抄起小飞腰，将小飞扛起来，朝外走。

关上车门，小飞敲着车窗，大嚷大叫。恭叔望一眼小飞妈。小飞妈目光呆滞，面无表情。恭叔从后备厢里取出牛皮纸袋，走到小飞妈身旁，递过去。小飞妈不接。恭叔硬塞到小飞妈手里，转身开车门。此时，天突然暗下去，云彩变沉，朔风乍起。车子一响，雨点便砸下来。

车窗被打湿，小飞望去，车外景物变软，小飞妈蹲在门口，身子呈波浪滚动，后慢慢撕扯，拉长，头与身子不在一处，逐渐重叠，成粗重的蓝线，又捏在一起，团成球，犹如水母，一缩一张，一吐一吸。小飞擦擦眼，转过身，低下头。恭叔说，你妈要找那姓胡的，找个鬼么子，老子斩光了他手指，掏净了裤裆，这辈子再冒那念想！小飞低着头，不言语。恭叔摸出支烟来，点燃，深深吐一口，说，那姓胡的有些门道，会摆个架子，打折了肋骨，还往上蹿，了不起！小飞说，你很能打？恭叔嘿嘿笑，说，谈不上，我催债的出身。小飞说，你能不能教我？恭叔说，教没用，打人，关键看胆，下手要黑，要快，急了就朝裤裆上撩，江湖道义，唬冒卵子的！

低空中一声炸雷，恭叔手一抖，骂道，嬲你妈，鬼天气！

小飞在北京，和一群公子哥结交，开始不习惯，跟着混。慢慢地，族群开始割裂，北京的和北京的混，外地的与外地的混。后来，外地的也抽离开，河北的与河北的混，江苏的与江苏的混，东北的与东北的混，湖南的与湖南的混。小飞有钱有势，跟着恭叔学了几个狠招，很快成了湖南圈子的头头。小飞开始得意，恭叔说，别臭美，人家跟着你，看的是你爹，不是你，你想靠得住，名声大，就得拔几杆旗子，端几窝鸟巢。

小飞听了恭叔的话，瞄准了最横行的东北圈，花大价钱雇了两车打手，把几个东北刺儿头打了个半死。东北圈子炸了窝，从黑龙江调来人马，扬言要血洗湖南蛮子。小飞慌了，恭叔说，你要么就认怂，要么就硬拼一回，他们表面上咋咋呼呼，实际多数只认钱，为兄弟，为交情，他们不会拼命，你打通关系，收买人心，搅散了，扰乱了，然后一鼓作气，杀他们个措手不及，他们知道疼了，自然怕你。

小飞事事按恭叔所说的办，威风八面。跟着一起混的兄弟，脸面有光，外界给了称呼，叫作"三环十二少"，几个人得意，更不知道自己姓什么。恭叔说，南城这一带，没人再敢管你，可以北上了。小飞无此志向，说，我在这一片儿玩，没人打搅我，我挺知足。恭叔一笑，不再多语。小飞撒了野，想起幼时志向，便一股脑买了三辆跑车，每到深夜，小飞便拣一辆，在三环路上咆哮。他如今开什么车，都觉得像幼时开卡车一般。再好的香水，一进车里，便想到皮革味、汽油味、司机脚臭味。他打开顶篷，空气兜进来，依然嗅得到。那味道容易让他想起他妈。数年过去，他对家事不闻不问，恭叔偶尔说起，他也立刻转移话题，或者干脆不听。只有一次，恭叔提了一嘴，说，小飞，你妈走了。小飞身上发软，说，死了？恭叔摇头，不是，是出走了，保镖去接你妈，推开门，人走屋空，桌儿上有一封信，写了一行字，却划掉了，另写一行，又划掉了，看也看不清，不知道去了哪儿。小飞说，没去找过她？恭叔说，找过两三天。小飞说，两三天？恭叔说，两三天。他不再问，想起与小飞妈最后一面那天，心里像下过雨。

小飞一边想，一边往楼上走。你们他妈玩过什么！撞过车吗，压死过人吗，飞过叶子吗，用整箱的皇家礼炮洗过车吗。来到二楼，推开一扇破铁门，里屋一小子面黄肌瘦，蹲在一墙角，手被塑料扎带捆在暖气片上。那小子抬眼，望见小飞，张嘴说话，喉咙却是哑的。小飞望着他，脊梁上冒汗，心里却想，你们他妈绑过票吗。

小飞拉过一把椅子，"你爸来找过你。"

那小子抬头问："什么时候？"

小飞说:"昨晚比赛,侯小杰那孙子带着你爸,开着车乱闯,没下车呢,先吐了,回家养着去了。"

那小子垂头:"跟他没关系。"

小飞说:"跟我有关系,你泡我马子,这账该算还得算。"

那小子说:"打也打了,骂也骂了,我半个月没见荤腥,粥都是稀的,你还想怎么着?我给你磕一个?"

小飞没回答他,从地上捡一根生锈的铜棍,掏出布来擦。

那小子一低头,"来来来,快一棍子敲熟了我!"

小飞哈哈笑。走近,一棍抡在暖气片上,发出铮铮声。那小子头扎下去,蜷成一坨。

"你爸什么来头?"

"开小卖部的。"

"以前混过?"

那小子不言语。

"北京话讲,老炮儿?"

那小子还不言语。

"我不管是老炮儿,还是他妈老枪、老妖,不讨个说法,我就活活把你饿死。"

那小子说:"怎么都行,别找那老东西麻烦。"

小飞笑了,"行,还挺仁义,我还以为你就是个闯了祸还找家长圆事的没谱儿货。我不找他麻烦,但是他找我来,我可没法把持,我把持住了,我底下的兄弟也没法把持。"

那小子脸通红,不言语。

门被推开,一个上身粗圆的家伙闯进来,"飞哥,昨儿晚上的那老头儿来了!"

小飞用铜棍一敲门,看一眼那小子,"嬲你妈妈别,老马屁来喽。"

捌

这一巴掌扇得他毛孔舒张开了,唤起了嗅觉,闻到的是久远以前,后海冬天的味道。

六爷一进修理厂,就头晕。他闻不得漆味儿。他一进去,几个年轻人把他围成一圈,虎视眈眈。

六爷拿眼扫,一圈儿人染着黄毛、绿毛,打耳钉,戴鼻环,嘴里嚼着口香糖,黑色马甲亮出铆钉。

六爷笑:"古惑仔,洪兴帮,什么时候丰台改铜锣湾了。"

一绿毛嘬着牙花子,操一口外乡音:"你丫来干吗?"

六爷回头望绿毛,一脸正经:"'丫'的音不要发太重，一嘴顺下来，好像有'丫'，又好像没'丫'，模模糊糊，模棱两可，才地道。一听你这北京话，就知道你是河南人。"

绿毛听愣了。旁边一姑娘，凤眼朝天，张嘴就骂："老屁眼儿哪儿他妈那么多废话，瞅你一把年纪，是不是糊涂了把这儿当跳广场舞的了，没逼事赶紧滚蛋，你舞伴儿还等着你呢。"

众人笑。

六爷上下打量那姑娘："一屋儿里就你挩饬得热闹，耳钉、鼻环、挂链一样不差，皮里挂着铁，就算不嫌沉，你就不怕走路叮当乱响闹得慌？一姑娘家，'逼''逼'不离口，嘴像倒泔水的，吹口气，哈出一万只苍蝇来。不是我性别歧视，女孩儿真不适合混出格，闹大闹小还不一样是别人护着你，护归护着，等有了孩子，你能分清是谁的吗？"

那姑娘蹲儿了，刚变脸，楼上有人笑，"挺大岁数一老爷子，跟姑娘掰扯上了，真能挂住脸！"

六爷抬眼望二楼，小飞手里摆弄着一根铜棍，笑眯眯地望着六爷。旁边是一粗壮汉子，一脸冷笑。

六爷笑说:"教育孩子,哪有什么挂得住挂不住的,咱俩昨晚见过,孩子。"

小飞慢悠悠下楼:"见过。昨晚吐得可干净?"

众人大笑。

六爷说:"甭废话了,晓波人呢?"

小飞朝壮汉努努嘴,壮汉进屋,连拉带扯将晓波拎出来。晓波埋着头,不看六爷。

六爷望去,喉咙一燥,脖子变粗。忍住没吭声。从兜里掏出一沓钞票:"小飞,按理说我大你几十岁,跟你爹一个辈分儿,你们这么胡闹,还在我家门口儿,我本不该罢休。但我六爷是个讲理的人,谁年轻的时候没胡糟过,我儿子划了你的车,我就赔你漆钱。这是两千,不够再补,要是多出来,就当是个补偿。"

小飞奇怪地望着六爷,又望望众人,突然大笑,众人跟着大笑。六爷左看,右看,摸不着头脑。

晓波突然抬头喊:"张学军,我的事儿你不用管!回去守你小卖部吧!"

六爷冲上去,那壮汉要拦他,六爷手顺着将壮汉胳膊往外一带,那壮汉不自主向右倒。六爷欺上身来,一脚朝晓波心窝子踹去。晓波跪地。六爷接着抡了一老大耳刮，清脆一响，屋子里冒回音。

六爷骂："瞧你那揍性！还有脸说我！"

晓波脸上火辣辣，嘴里咬着牙："你就会跟我横，有本事打他们去呀！"

六爷问："车是不是你划的？"

晓波吐口痰，指着小飞："他先打的我！"

六爷问："车是不是你划的？"

晓波点头："是！"

六爷又问："那姑娘你也碰过？"

晓波大叫："没有！"

六爷厉声："说实话！碰没碰？老爷们儿裤裆里走火，没什么大不了的，认了就认了！"

晓波脸上青一阵白一阵，一时说不出话来。

"没有！"一个清亮嗓音从门外传来。众人望去，一姑娘进门来，圆脸，肤白，一对眸子黑闪闪地望着六爷。

那姑娘说："张大伯，你儿子没碰我，我做SPA的时候，你儿子来给我送东西，我身上光着，歪打正着让小飞给碰见了。"

那姑娘又转脸向小飞:"说了成百上千次,你怎么才信?"

小飞嘿嘿冷笑:"要是一次两次碰见了,我闭闭眼儿,就过去了,六爷,你问问你儿子是这么回事吗?"

六爷看向晓波,晓波看看那姑娘,那姑娘右眼一眨,被六爷望见,心里雪亮,叹口气,打断正要说话的晓波:"行了,别编了。姑娘,蒙你照顾犬子,怎么称呼你?"

那姑娘脸上微红:"叫我大乔就行。"

六爷笑:"大乔姑娘,你跟晓波到底怎么样,我不清楚,但说到底,还是他不对,你的好意,我心领了,有什么对不住你的地方,改日我再带这小兔崽子来专门给你赔礼道歉。"

小飞冷笑:"快,真快,这会儿就公公认领儿媳妇了。"

大乔向小飞甩脸:"小飞你嘴里到底有没有个谱!"

六爷说:"人我现在可以带走了吧?"

小飞点头:"可以。不光他可以带走,大乔也可以一块打包带走。"

大乔骂了句脏话。

六爷不动声色,解晓波腕子上的扎带。

小飞说:"走是可以走,不过您老这么走,让我很寒碜。"

六爷说:"怎么寒碜?"

小飞说:"很他妈寒碜!"

六爷说:"有话直说。"

小飞一笑:"你是真傻还是装傻?"

六爷挺直腰板:"我用得着给你装孙子吗?"

小飞说:"拿两千块打发我,不是装孙子是什么?"

六爷眉毛挑起:"两千块不够?"

旁边的壮汉吹一声口哨:"你是猴子请来的逗逼吗?"

众人笑。

六爷道:"我朋友就是开修理厂的,补个漆我还不知道多少钱……"

小飞走到一辆盖着幕布的车旁,右手一拽,露出一辆墨绿色布加迪改装跑车。小飞指着车身上的一道印:"你瞅瞅这儿,两千块够不够?"

六爷不懂车,却也知这车贵气。那划痕像在一张俊美的脸上破了个口子。

六爷肩膀耷拉下来,过半晌,低声问:"你说,多少钱够?"

小飞坐进车里,拿起对讲机,咳嗽一声,道:"十万!"

场子里回荡起"十万"的回音。回音渐弱,六爷却觉得一声比一声沉。

晓波走到一架切割机旁,接上电源,"我划的你车,我泡的你马子,跟这老头儿没关系,后果我来负,十万我没有,还你一只手!"说着就要伸手,六爷抢过去,一脚踹翻了切割机的桌子,一手卡住晓波的脖子,"你妈生的你全须全尾,你倒大方得很!"晓波被掐得眼珠儿上翻。六爷一把松开,晓波瘫在地上,额头上冒汗,脸色惨白。

众人看得有些呆。六爷回过身来说:"十万,我答应你!"

那壮汉说:"你他妈那么大岁数别张嘴就来,赔不上,他剁不了这手,我也得剁他的手!"

六爷嗓子有些泛甜:"三天后,我提钱取人!"

那壮汉说:"我告诉你老东西,你他妈报警没关系,哥几个几天出来接着干你,你他妈三天见不着人,也别往这儿来了,我跟他妈你儿子玩!"

六爷望一眼壮汉,又望一眼小飞:"你们这儿到底谁说话算数?他要是能做主,我就跟他说。"

小飞摆弄着对讲机:"我们这儿谁说话算数不要紧,就看你说话算不算数!"

六爷笑了:"小兔崽子充大个儿上瘾了是吧,给足你面子领你上回道还他妈不愿意下去了,想开飞机撞云彩啊!"

那壮汉逼近六爷脸,眼里冒凶光:"你他妈说话注意着点儿,要不然今天你连着跟你儿子一块儿都出不去这个门!"

小飞吼道:"阿彪!"

六爷面无表情地盯着阿彪的脸:"看你比我儿子大不了几岁,我不愿意跟你计较,搁十年前,我都不会……"

阿彪突然一巴掌甩在六爷脸上。

小飞大喝:"阿彪!"

风敲在二楼破窗上，翻倒的切割机还在嘶哑着叫。众人不作声，望着斜低着头的六爷。

六爷斜歪着头。一面儿脸烫，一面儿脸凉。这一巴掌扇得他毛孔舒张开了，唤起了嗅觉，闻到的是久远以前，后海冬天的味道。耳朵支棱开，听到后海湖面冻紧的吱吱响。瞳孔又聚出光，望见远处湖面上一群黑压压的人，喘着粗气，脸蛋儿通红。六爷紧绷的脸，缓缓舒展，紧张的心跳稳下来，手心里的汗蒸发掉。他的嘴不自觉咧开来，慢慢直了身子，望着阿彪，笑得合不拢嘴。

阿彪后退几步，喉咙处咕咚了几下。

小飞说："大叔，我这个兄弟不懂事……"

六爷抬手，转脸望向小飞："不用说了，三天后，你拿钱，我领人。"

小飞说："不报警吧？"

六爷笑："孙子才报警。"

小飞说："刚才那一巴掌……"

六爷打断他："甭琢磨了，车子不能白划，人也不能白打，咱一码归一码。"

六爷拍拍阿彪肩膀,脸上笑眯眯的:"你,挺有意思。三天后,你得在这儿。"

阿彪一笑点头。

老马爆肚店。乌烟瘴气。

闷三儿和灯罩儿一齐凑到六爷跟前儿。俩人像看鬼故事一般,打量着六爷。

闷三儿瞪眼,问:"哪边儿脸?"

六爷转过脸,左手拍拍左脸,右手端起酒,咂一口。

灯罩儿突然乐了。

闷三儿用胳膊肘捅灯罩儿:"乐他妈什么!看六哥笑话啊!"

灯罩儿咧着嘴:"牛逼,牛逼,小孩儿们就是牛逼。六哥,你这辈子被打耳光不多吧?"

六爷也笑:"掰着指头数,五次。"

灯罩儿问:"哪五次?"

六爷摊开手指:"五道口儿,跟小蛤蟆打,一次;后海湖,跟青烟儿打,一次;玉渊潭,跟吴老四打,一次;动物园,跟大老掰打,一次。"

灯罩儿竖着四个指儿："这才四次，还有一次呢。"

六爷笑："还一次，是我爹打我。打完我，没两年，死毯了。算上这次的阿彪，六次。"

闷三儿叹口气："小蛤蟆，青烟儿，吴老四，大老掰，这四个哪个当时不比六爷岁数大，名声大，挨一巴掌不丢份儿！多少人想挨他们一巴掌还挨不上呢，这他妈什么阿彪的小鸡巴崽，算哪门子哪路，居然也捞了六哥一巴掌。"

"湖南省厅厅长的孩子，怎么样，捞你一巴掌，也不算丢人吧！"六爷抬眼看，话匣子一身素裙，定睛瞧着他。

六爷脸一红，问："你怎么来了，谁让你来的？"

话匣子瞪眼："我爱上哪儿上哪儿，你管得着吗？被人打了，猫起来不让人看啊。"

六爷尴尬一笑，嚷服务员："加把椅子！"

话匣子坐定，掏出手机来，指给六爷看，"我查了他们底细，不是富二代就是官二代，那小飞老子官儿最大，湖南省副省长。这小子在北京混得风生水起，听说还撞死过人，他们家硬是通过关系把这事儿遮过去了。"

闷三儿冷笑:"混得好混得差,还不一样是家里人圆事儿。"

话匣子划屏幕,手机里出现一张中年男人照片。

六爷问:"这是谁?"

话匣子说:"潘志龚。道儿上人称恭叔,他原是小飞他爸的打手,来北京专门负责照管小飞。以前在湖南,名声极坏,下手没个准儿,不讲规矩,肚子里坏水儿多,小飞不过是个傀儡,很多事都是听这位恭叔的。所以,对付他们,首先得摸清这位的底。"

闷三儿问六爷:"你见过他吗?"

六爷摇头:"没瞧见。看这模样,不是个善茬儿。"

闷三儿眼冒光:"有机会,会会他,看他什么手段。"

灯罩儿对话匣子竖大拇哥:"霞姐,太牛了,你哪儿弄来这么些资料?"

话匣子掏烟,灯罩儿赶忙点上。话匣子深吸一口:"我那酒吧就光是个摆设?每天挺直腰板儿进,晃晃悠悠出的,不都是些软虾蔫鱼,有的是高人,查个家底儿还不顺手的事儿。"

六爷满上,朝话匣子敬一杯,头却埋着,不看她:"费心了,不多说,我走一个。"六爷一仰头,酒净杯空。

话匣子白一眼,不言语。

灯罩儿说:"其实这年头吧,人没事是真的,别的都是假的,别人抽我一嘴巴,不抽那边算好的了,我自己还抽呢,算了,赎人吧,钱咱哥几个凑……"

六爷说:"钱你们帮不上,我自己来。"

闷三儿说:"钱帮不帮得上,另说,那一巴掌我得帮你还!"

六爷点点头。

话匣子说:"干吗呀,真要火拼?"

六爷望着锅底的火苗子,不言语。

闷三儿说:"跟他们,到不了火拼,但是不用针扎扎他们,他们永远不知道疼!"

话匣子望一眼六爷,脸上突然懒起来:"那成,我先说明白,别指着我帮忙,我帮不上,就他这破心脏,能撑到现在真是前世积德。"

灯罩儿不解:"刚才又出照片,又弄资料的,怎么一杯下肚,霞姐成干瞪眼的了?"

话匣子说:"你们不想活,我想活。你们少喝,我先走了。"

话匣子起身离席。

三人不言语。锅底的火苗子弱下来,扑腾一下,就灭下来。

六爷站起身,伸了个懒腰:"三儿,你先容我把孩子的事儿解决了,咱们再解决大人的事儿。那嘴巴子,咱肯定还!"

玖

高考发了榜,有人中了状元,而状元却在大狱里改造。

洋火儿一身白色西服,油头粉面,跷着二郎腿,一边打电话,一边抽雪茄。六爷坐他对面,看着洋火儿,想起身走,又不好意思。六爷看洋火儿的脸,虽是笑容满面,却面皮绷紧,位置,弧度,角度,恰到好处。那皮肉好似一张弓,训练有素,接到信号,肌肉抻开,迅速到位,不差分毫。只是左颊处,有一道白斑,任凭这皮肉如何伸缩,那白斑都死死挂住,像捏了块白泥,糊在脸上。六爷知道,那白斑是愈合的刀疤。眼前这个商人，春风和煦，身上却挂着十几条这样的白斑。六爷想，这孙子真变了。

洋火儿上学时，不打架，不骂街，不抽烟。每日早出早归，上课腰板挺得笔直，目光炯炯，放学完成功课，洗衣，买菜，淘米，揉面，擀皮，抹窗，擦地。收拾完，等家人回来，将热菜呈上桌。他自己吃得最快，却等家人吃完，又收拾碗筷，洗碗，抹桌子。学校里，他脑子快，手灵巧，能唱能跳，会写个文章，画个板报，还会生炉子。全学校只有他炉子生得最好，烟小，火茂，砖头齐整，风斗紧实，烟筒子对茬。有的老师专门领学生参观洋火儿的炉子，看后，都夸洋火儿能干，是个材料。

洋火儿少年时生龙活虎，念到中学，开始寡言，但依然本分。读书，干活，生炉子，画板报。他功课好，人精神，经常有姑娘捏张电影票，塞他手里。他也不含糊，跟着去，到那儿，却真的是端端正正看电影。散场，姑娘怕黑，让他送，他爽快答应，却真的只是送回家。一路无话，末了，只说句"再见"，跨上车子便走。

洋火儿一路到高考,平平稳稳。高考前三个月,他退学在家,复习功课。每日搬一把小椅子,一张小桌子,穿个裤衩,套一件白背心,在家门口读书,背诵,演练习题。有人路过,打个招呼,他抬头,微微一笑,又埋头苦读。

那期间,有个叫曹军的混子,每日骑着车子在洋火儿家门前过。洋火儿知他什么人,却也每次打招呼时,抬头微笑。一日,曹军又来,招呼洋火儿上车,带他去耍。洋火儿婉拒,曹军再三要求,洋火儿不再理会。曹军火了,一脚踢翻了洋火儿的桌子,说,你不去,今儿你也学不成。洋火儿无奈,又不想生事,便坐上了曹军的车子。曹军骑着车子,吹着口哨,慢悠悠兜圈。洋火儿心里挂念着功课,便说,要是没什么事,你送我回去吧。曹军说,我带你去个没去过的地方。洋火儿说,哪儿?曹军说,去了你就知道。

晃晃悠悠,天暗下来。曹军还在兜圈子。洋火儿心里着急,说,你到底去哪儿?曹军说,着什么急,这不还没到。洋火儿说,你来来回回兜圈子,耍我呢是吧。曹军哈哈大笑,说,你倒是不傻。洋火儿没言语,直接跳下车，朝相反方向走。曹军说，这大黑天的，你不怕找不到路，上来，我载你回家吧。洋火儿不言语，低头走。曹军赶上来，说，我就看不惯你们这帮学生，一天到晚学个鸡巴学，脑子里灌了字儿，灌了墨，还不一样被我耍。洋火儿不言语。

曹军从挎包里掏出一个本子来，洋火儿望去，那本子蓝色的皮儿，皱皱巴巴，正是自己的习题纠错本。要是别的本子，洋火儿兴许不在乎，这本子自己常翻常看，用处最大，且是花了心血的。洋火儿一见之下，便伸手去抢。曹军一缩手，洋火儿抓了个空。洋火儿脸儿沉下来，说，本子还我。曹军笑说，为什么还你？洋火儿压住火，说，这本子你怎么偷的？曹军说，说话别这么难听，我踢翻了你桌子，你拾东西时，落了这本子，我帮你捡起来，你丫该谢我才对。洋火儿说，好，我谢谢你，现在把本子还我吧。曹军扬着本子，嬉皮笑脸，今天哥哥带你出来兜兜风，你开不开心？洋火儿说，开心。曹军说，别他妈这么苦大仇深，你要开心就真的开心地说，不开心就不开心，讲实话，我给你这本子。洋火儿犹豫，不言语。曹军说，你要不说话，这本子我就给你丢河里。洋火儿说，我不说了吗，开心！曹军说，假话，骗人！洋火儿说，好，不开心总可以了吧，不开心！曹军说，怎么不开心？洋火儿说，你无缘无故扰乱我学习，带我兜圈子耗时间，还抢了我本子不还我。曹军说，那你觉得我这人可不可恨？洋火儿望着他，咬咬牙说，可恨。曹军说，怎么可恨？洋火儿说，没来由招惹我，就可恨。曹军说，还有呢。洋火儿想想，说，你天天无所事事，混吃等死。曹军说，还有呢，洋火儿说，欺负软的，怕硬的。

曹军点点头，笑道，好，实在人，本子你拿去吧。说着，两手一错，又一错，本子被撕个粉碎。曹军撒手一扬，脚一蹬，车子滑出去，渐渐隐没。洋火儿呆在地上，撕碎的本子被风刮跑。月亮闪出来，有半道斜光劈在洋火儿脸上，却使另一半儿脸暗下去，成了影子。

洋火儿呆了半晌，便慢悠悠往回走。四周漆黑，空气开始泛凉，洋火儿顺着一条河道，往北走。穿过几个桥洞，火光渐亮，有了人家。洋火儿肚子空荡荡，便寻了个人家敲门，要了两个饼子，一个揣怀里，一个边走边吃。洋火儿回到家,天已蒙蒙亮。他冲了脚,洗把脸,脱了衣裳就躺下。他爸爸揉着眼起来,问他,大晚上的,去哪儿疯了?洋火儿眼睛瞪着天花板,半天才说,有一哥哥,带我兜风去了。

高考考完后,洋火儿闷着脸回家,家人问他,考得怎么样。洋火儿不言语,将书包撂下,便进了屋。从铺底下掏出把磨得光亮的刀子,掖在裤腰带上,便出去了。洋火儿四处打听曹军的下落。自那次之后,洋火儿再没见过曹军,也没找过他,一个月下来,曹军像在人间蒸发掉。院儿里的混混也各有各的说法,有说他猥亵女同学,被抓了起来;有说他回了四川老家,还娶了老婆;还有说他得了怪病,一直躺在家里。洋火儿找了一圈,最后寻到曹军家里。曹军没爹没娘,只有个奶奶在家颤颤巍巍缝补衣服。洋火儿问了半天,曹军奶奶只说一个月前,曹军大夜里回来,脾气很不好,睡不着觉,砸盆砸玻璃,嘴里一直骂骂咧咧,第二天出门后,就再也没回来过。洋火儿内心空落,每日骑着自行车,穿街走巷。一日路过京棉二厂,门口告示栏上贴着优秀员工表扬名单,上面赫然写着"曹军"的名字。洋火儿不确定这个曹军，是不是那个曹军，便向门卫打听，门卫也说不知道。洋火儿便支了车子，等在门口。

　　厂铃一响，穿着粗布蓝衣的工人推着车子鱼贯而出。洋火儿一眼望去，曹军一边推着自行车晃晃悠悠走，一边同旁边的女同事说笑搭讪。洋火儿推车过去，来到曹军面前，曹军一眼没认出他来，想避过，洋火儿却截住他。曹军上下打量洋火儿，笑说，是你啊，穷学生，大学考完了，跑这儿来戏女工了？旁边女工浪笑。曹军见洋火儿一脸阴沉，面色不善，心里发虚，便掏出支烟来，敬过去，说，那天的事你别在意，我跟你开个玩笑，其实我该谢谢你，要不是你那天晚上说我是个混吃等死的废物，我现在还在外面游荡呢。洋火儿不言语，接过烟，竟点上了。曹军眉开眼笑，说，行，像个大人样儿了，抽完这支烟咱俩就交个朋友，我虚长你几岁，你叫我曹哥，或者老曹都行，有什么事我能帮忙的，找我就行。洋火儿一口一口猛吸烟，嗓子眼儿要炸开。他丢了烟，抬眼望曹军，说，还真有一事儿，想请你帮忙。曹军拍胸脯，说，说吧。洋火儿说，我有一个本子被撕得粉碎，被风刮到了河里，你能不能帮我把它捡回来，复原得完整如初。曹军的脸僵住，变得灰沉。曹军踢开车踢，迈步向前走，洋火儿闪身挡住他。曹军变了脸色，说，找不痛快是吧。洋火儿抽出刀子，道，去你妈的。

曹军被扎了七刀。送医院时，人变成了血口袋。好在那七刀都不是致命伤，医院是军医院，常年接触外伤，及时处理后，保住了曹军的性命。洋火儿拾掇完曹军，浑身是血，他跨上车子，直接奔派出所自首。

高考发了榜，有人中了状元，而状元却在大狱里改造。洋火儿的家人提溜着东西来看洋火儿，洋火儿统统不见，每次只把送来的吃的分给狱友，自己一蹲，闷闷地抽烟。狱里的洋火儿一样是拖地、扫地、生火、画板报。有时托狱里的头头从外面捎本书来看，一天一本，看完，就把书扔炉子里生火。几年下来，洋火儿读了几百本书，生了几百次炉子，画了几百出板报，也认识了几百个流氓。这几百个流氓里，多数都在揶揄洋火儿：出去就是个破鬼，看个鸡巴书！

洋火儿出狱后，向朋友借了些钱，买了张火车票，也没跟家里打招呼，闷声去了广州。他常在狱里看报、看书，知道时候变了，北方人还蒙在鼓里，南方的油水却在慢慢变肥。

洋火儿夜里到广州，出了车站，四下里黑黝黝，冷飘飘。洋火儿沿环市西路走，饿得肚子里勾火儿。走了二里路，火光渐亮，掏出兜儿里仅有的钱，在街边儿要了碗云吞面。广州盘儿小，面细，洋火儿呼噜呼噜吃了，汤干碗净，心定下来，肚子里却还是空。便又讨了碗肠粉吃。老板端过来，洋火儿吸溜吸溜吃了，身子才暖起来。洋火儿说，我没钱付你这肠粉了，但我实在是饿，你缺不缺下手，我给你打两个月的工，这碗肠粉算一天的工钱。老板从炉子里抽出杆铁条，说，没这么算的。洋火儿望着通红的铁条，笑起来，说，我现在颠儿了，你也追不上我，拿刀都没用。老板问，什么是"颠儿了"？洋火儿说，跑了，撒丫子溜了。老板说，跑了又怎么样，这一条街上全是我朋友，你跑哪儿去？照样打你。洋火儿说，得，我没理。抢到炉子旁，抽出火钩子，照腿上就一抽。大腿的裤子上被甩出一道儿红,月光倾下来,血肉绽开,亮晶晶的。洋火儿脸上绷着筋,瞅着老板,说,怎么样,够不够一碗肠粉?老板看傻了眼,扔了铁条,说,你北京人?洋火儿点头。老板说,你会干什么?洋火儿说,会生炉子。

洋火儿在面摊儿干了仨月,吃了仨月云吞面。老板给的工钱不多,却给他找了地方住,房子虽破,但不要租钱。洋火儿省吃俭用,凑了些钱,便跟老板告别。去了西湖路灯光夜市,用竹竿撑起一个档口,开始倒腾裤子。那年月,西湖路灯光夜市还冷清,一两百个摊位,夜里人流亦不多,常年是几个闲得蛋疼的酒徒溜达。

洋火儿第一天开业,无人问津,要收摊儿了,几个巴基斯坦的大胡子过来,拎起裤子,左翻右翻,捏在裤腰间,叽里呱啦连比画带说。洋火儿开始还耐心等,后来看他们有说有笑,还把裤子套脑袋上,就火了,说,孙子,你们玩儿我呢是吧!抢过去,夺过裤子,几个大胡子瞪着眼哇哇叫,洋火儿从地上抄起把竹竿,说,叫他妈什么叫,不买滚蛋!几个大胡子吓住,一边往回走,一边嘴里不停叽里呱啦地念叨。洋火儿扔下竹竿,心中颓丧。旁边一个倒腾蛤蟆镜的说,兄弟,给你提个醒,这么横,待不长久。洋火儿没言语,闷声收摊儿。

一周的生意,冷冷清清。洋火儿开始想辙,先把人凑起来,再捞成本。于是买一送一,后来送二。摊儿前的顾客开始密起来。他又把裤子进行分类,工人、妇女、小孩儿、个体老板、外宾,这些人喜欢什么,统统分类,每类贴上标签,价格码好,清清楚楚。自己砌了块儿石板,在上面涂抹均匀,画一个今年最潮款的衣服模特,写几行标语。安一个大号电灯泡,那时西湖路灯光夜市摆个摊位,一个月三十元管理费,六元电费,相当于一个人半月工资。别的摊儿主看他安那么大灯泡,心里替他疼。

人越来越多,洋火儿脸上的笑容越来越密集,顾客朝他这摊儿瞄上一眼,他立刻贴上笑脸。临近80年代末,大批"北客"奔赴广州,"老人头"、意大利皮夹克、牛仔裤、喇叭裤、蛤蟆镜,甩下一打"大团圆",眼睛眨都不眨。夜市的摊位迅速增至几百家,撑起一条"档龙"。这些"北客"多是批发商,回到北方,转手高价卖给当地人,迅速脱销。

洋火儿跟着这些"北客",从"街边仔"变成"倒爷"。一年的摆摊,令他迅速掌握了哪里能够批发市面上最潮最新的款式,蝙蝠衫、踏脚裤、花衬衫、情侣装,香港那儿刮一阵风,洋火儿就顺风将火苗子吹旺。

不到半年,手里的钱宽绰了,雇了几个人替自己倒腾,一直到 90 年代中期,洋火儿辞退了手下,带着几年来积攒的钱,回北京开了个厂子。多年来狱里那帮朋友都朝他聚拢。他用钱通融上面,底下狱里朋友帮他平事,没两年坐起了凯迪拉克,顺风顺水,黑白通吃。

六爷望着洋火儿回过神儿来,说:"卖炮仗也能赚这么多钱?"

洋火儿笑笑:"我现在可不只是卖炮仗的,我做化工原料呢,整个华北地区的大大小小的造纸厂用的亚硫酸盐都是我这儿出的。"

六爷说:"我看电视上说那玩意儿不是有毒吗?吃了致癌!"

洋火儿说:"那是亚硝酸盐,亚硫酸盐不能吃。"

六爷说:"反正你们这些资本家都是为了赚钱什么事儿都敢干。"

洋火儿哈哈大笑:"哥,我可没有,你怎么样?孩子好吗?新嫂子有没有?"

六爷:"还那样儿,对了洋火儿,你不娶一小的吗?怎么样了?"

洋火儿:"你问哪个?"

六爷哈哈大笑:"真他妈有出息!长大了长大了!"

洋火儿凝视着他:"再大也是您弟弟!"

六爷听了这话,点点头。

洋火儿:"六哥,您来找我,是有什么事儿吗?"

六爷犹豫了一下:"没什么事儿,我就是今天路过,顺便上来看看!"

洋火儿:"您要是有什么事儿需要弟弟我帮忙的,您就说,咱们兄弟之间是过过命的,用不着客气!"

六爷尴尬:"真没什么事儿!"

洋火儿:"那哥,您要是没什么大事儿,弟弟也就不跟您客气了,我就先忙点儿我的事儿了。"

六爷:"你忙。"

洋火儿站起身:"没办法,您也理解,事儿太多。"

六爷只是一个劲地说:"你忙,你忙!"

洋火儿看看六爷根本就没有动弹的意思。

洋火儿:"六哥,您是不是手头儿紧?"

六爷:"手头紧?我什么时候手头儿紧过?我你还不知道,够吃够喝成了。"

洋火儿站起身,来到身后的保险柜前面,打开了保险柜。

他从里面拿出了两万块钱的现金,放在了六爷的面前。

六爷:"哪出啊这是?"

洋火儿:"这钱您拿着,有急拿去救急,没急闲用,不用还给我!以后您再有什么事儿,一定先跟我的助理约一下,有时候实在分不开身!"

六爷凝视着他一会儿,突然站起身:"洋火儿,叙个旧真拿我当要饭的了?我告诉你,今天这趟来,就是念在咱们过去的情分上过来看看,也就正好路过,你这么着有一句没一句全是钱的事,咱以后就没法再见了,你记住喽,谁都有好的时候,谁都有背的时候,别把哥几个这点事全弄拧巴了,放心,以后绝不登门!"

说着,六爷就往外走。

洋火儿:"哟,六哥,您千万别生气,我洋火儿不是那人,我送送您——"

六爷头也不回地走出去:"局气!"

拾

六爷孤独地走着,越来越慢。

楼下的人围着，大家还在抬着头望着楼上，谈判继续着。

六爷抬头看，他突然心脏绞痛，他努力按着心脏，头上开始出汗。

轻生人突然作势要跳，底下一片惊呼，楼顶警察拉来家属大声喊话，轻生人又哭着坐回去，底下观看的人群又一片叹息。

有协警喊着大家安静。

六爷看着这一切,突然铆足劲大喊:"别拦着,让丫跳,摔死丫的,也砸死你们这帮孙子!"

人群突然静下来,人们看着他,六爷讪讪地笑笑,艰难地走出人群。

六爷孤独地走着,越来越慢。坐在地上,蜷缩着。

有人发出了尖叫声,警察循声转头,发现六爷倒在地上,呼吸艰难。

人们又向他围拢过来,有人喊别碰他,谁碰赖上谁,无人上前。

六爷迷糊着眼儿看,全是奇形怪状的人,一只猫上前嗅着他。

深夜的医院急诊室,灯光清冷,坐满了各种各样奇形怪状的人,东倒西歪的人们发出各种痛苦的呻吟。

一个有刀伤的学生被同学们急匆匆抬进来;一个孕妇疯狂地揪打着丈夫;两个警察在和值班医生询问着什么人;一个老太太自己拖着点滴瓶寻找厕所。

话匣子走进医院走廊,四下踅摸着,想要找到六爷。

话匣子路过充满家属的病房,听到争吵声找寻过来。

最里面的角落，六爷正从一张病床上起来，穿着衣服。

一个医生在低头记录："你现在还不能乱动，出了事我们有责任的！"

六爷："你能有什么责任啊？我爹我娘我儿子都没说负责任呢，轮着你了？"

话匣子挤进来："你没事儿吧？怎么折大街上了？"

六爷："想碰个瓷儿玩玩，没人搭理我！"

医生见了话匣子："家属吧，病人现在这个情况应该马上办住院。"

六爷："休想！"

医生对话匣子说话："他目前可能有两三条血管堵塞，如果不做支架的话，随时有可能心梗，再拖下去，搭桥都救不了命了！"

六爷："把你能耐的，我的命还是我自己个儿救吧！"

六爷已经穿好了外套，拔腿就往外走，话匣子拿过药，跟着一起出去。

六爷出了医院，长长地吸了口气，坐下来。

话匣子坐在旁边，点上烟，给六爷一支。

六爷吸一口，叹道："那是人待的地方吗？"

"那里面都不是人啊？这种事不能强撑着，不年轻了，那医生说得没错，别到时候后悔都来不及！"

六爷："都明白，也在理！"

话匣子："那你还……"

六爷语气黯淡下去："不是时候啊！"

话匣子："借了多少？"

六爷："两万三吧！"

话匣子："你打算怎么办？"

六爷："卖房子！"

话匣子火了："放屁！你他妈就剩这个房子了——你要把房子卖了，你以后靠什么活着？"

六爷："我这没出息劲儿的嘿！敢情这么多年我是靠这房子活着？这房子我还就卖定了，我得让你看看我怎么活着！"

话匣子："你就别跟我这儿犯浑了！就算你卖房子，一天就能卖出去吗？"

六爷不说话，话匣子掐灭烟，把手里一个包塞到六爷的手里。

话匣子："八万块钱，我底儿掉了也就只能拿出这么多了，应该够了！"

六爷看看话匣子，点点头："行，房子给你！"

话匣子打了他一巴掌："说什么呢？就一个条件，明天把晓波接回来之后，你立马儿就来住院！"

六爷："成，房子是你的了！"

话匣子搡起六爷："谁他妈要你那破房子，这是药，记着按点儿吃，上边都写着呢！"

话匣子蓬头垢面地从后面卧室出来走向厕所，突然发现酒吧大厅中间扔着一个大信封，话匣子抬头看看关不上的窗户，明显是从那里扔进来的。

她小心地走过去，弯腰捡起来打开，发现是一本房产证，打开一看，里面写着六爷的名字"张学军"和六爷房子的详细地址及产权。

话匣子一笑，喃喃："你大爷的！"

停车场前院到修理大厅都空荡荡的。

小飞那辆改装跑车敞着,车罩被扔在一边,车身一动一动的好像后面有人。

六爷和闷三儿互相对视一眼,小心地绕到车后面。灯罩儿在给车身的划伤抹腻子、喷漆。

闷三儿咳嗽一声。灯罩儿一抬头,满脸油泥,瞪着眼睛瞧着六爷和闷三儿。

灯罩儿的脚边还放着好几样漆料,他手里拿着喷漆的工具一笑:"不是说今儿来吗?怕你们不带我,还是想帮点忙,我琢磨着好歹做了二十多年修理工,也就这点手艺了。"

六爷连忙转过来一看,灯罩儿给那道划痕喷上了漆,但是那道漆很明显,跟旁边的漆色明显不同。

六爷:"灯罩儿,真他妈成,您那手艺那会儿都修的什么车,这什么车?"

闷三儿生气道:"崴泥了今儿!蔫儿了吧唧的净瞎他妈添乱!"

灯罩儿:"我琢磨了一晚上。"

六爷一摆手,对闷三儿苦笑:"算了,也是好心,这孙子打小就爱捅娄子。"

闷三儿:"这篓子捅的可不比晓波差。"

两辆保时捷小车开进了修车厂,车里播放着节奏很重的饶舌音乐。

小飞和他的女朋友下车,壮汉阿彪下了后面车,站在车门边。

小飞走向他们:"够早的,人呢,都醒醒,来了人都不知道啊,人家自己就走进来了!"

二楼几个房间打开,年轻人纷纷睡眼蒙眬地出来。

六爷低声对闷三儿说道:"兵来将挡、水来土屯吧!"

六爷把一个塑料袋放在工具桌上。

六爷:"十万,你点点!"

小飞看看这些钱,示意旁边伙伴点钱:"行啊老爷子,挺讲信用的!"

有人拿去点钱。

六爷:"晓波呢?"

小飞回头看阿彪的车,那里面晓波隔着玻璃的面孔在闪现。

突然有年轻人指着车惊叫,小飞走过去,看到了车身上被喷得耀眼的漆。

灯罩儿:"我用的漆挺贵的,不仔细看根、根本看不出来!"

小飞不怒反笑,望着六爷笑说:"老头儿,玩儿我呢是吧!"

阿彪一脚踢翻地面的油漆桶,指着六爷的鼻子:"谁他妈叫你们乱动车的?这车的油漆已经停产了,得专门从英国进口。你用的这是他妈什么破玩意儿?现在不是他妈一道儿痕了,是一片烂漆!现在得把这整个一片漆铲下来重新他妈刷!"

手指在六爷眼前晃悠着,六爷凝视着他,闷三儿凝视着他。

阿彪:"你他妈还看,老东西!"

六爷突然抬手,一巴掌扇在阿彪脸上。

阿彪一呆,想还手,六爷又一巴掌扇过去。阿彪左颊红肿,发一声喊,抬起胳膊要抡,六爷一脚踹在阿彪的小腹上,挨近身,啪啪啪,又是三巴掌。

阿彪奋力挥拳,六爷一把攥住他的手指关节,用力一扭，阿彪瞬间身体倾斜，脸憋成猪肝色，众人惊呼。

六爷笑："还打吗？你再满嘴胡说八道，六爷就接着扇，算是替你爹娘教训你，这叫规矩。"

阿彪疼得大叫，六爷松了手，笑眯眯看着阿彪："来，不服接着上，这回六爷打你右脸。"

边儿上几个黄毛抄起了家伙，向六爷逼近。

闷三儿脱了外衣，露出精壮的、满是刀疤的上身，有些刀疤缝合后，长长的一直拉到脖颈。

闷三儿从裤管里抽出一支长长的三八枪军刺。

灯罩儿插好三棱刮刀，从后身抽出一个链子枪，拉上皮筋，准备着，面露一反常态的凶狠。

闷三儿笑着："小鸡巴孩子，千万别仗着人多。"

黄毛儿们一时愣住，不知所措。

汽车内的晓波看着，眼里满是惊慌。

小飞缓过来，摆摆手让大家退后。走向六爷，点点头："行，您不是爱论理吗，你们不懂车，这车是我最好的，现在要论理，不讹人，重新喷快赶上这车一半价钱了，你出得起吗？"

六爷看着目光咄咄逼人的小飞，摇摇头："出不起！"

小飞点头:"再说说今天你打了我兄弟这事,你有你的规矩,我们也有我们的规矩,无论你怎么说,我朋友挨了打,弟兄们咽不下这口气,我也得跟他们有个交代,我不能让他们全上打你们三个老头,又不能让你们就这么出去,那您说怎么办?"

闷三儿慢慢走过来:"就这几块料,还是要打是吧?"

小飞笑了:"打?可以啊,怎么打?"

灯罩儿:"按咱北京的规矩来。"

小飞饶有兴味:"北京什么规矩?"

灯罩儿:"三天后咱们约一场,随便你带多少人,也甭管我多少人,谁先服了算谁的,这就算不得欺负人!"

小飞看着大家,黄毛儿们纷纷笑着点头,摩拳擦掌。

小飞:"好,那咱们说定了?"

闷三儿、灯罩儿等着六爷。

六爷微一沉吟,说:"成!玩玩吧,也好久没动弹了,这么着,要是你们把我们老哥几个都放倒了,给你凑足这个钱!你们不灵了,孩子我带走,钱我能凑多少算多少！"

小飞笑说："越来越好玩了，时间地点？"

六爷看看闷三儿："后天晚上十二点吧，文化宫门外。"

小飞拍手："好啊，您到时候可别失约！还有，别叫警察来。"

闷三儿说："谁叫谁是孙子。"

小飞说："好！放倒我们，钱不要了！"

三人互相看一眼，在孩子们的一片嘲笑声中，默默走出去。

拾壹

话匣子说,你爸一把冰刀对十几个没倒下,那会儿你爸猛起来,挺吓人的。

冰面上，闷三儿和六爷呼哧带喘地滑着。

闷三儿看着他："六哥，就您这身子骨，我瞧着悬，说不准真折哪儿。"

六爷："怎么着？你真指着跟那帮孩子动手去？这不扯吗？"

闷三儿有点郁闷："那您这是喷着玩哪？"

六爷摇头："晓波在人家手里，一不能喷二不能玩，答应好的事，得算！"

闷三儿："那怎么着？我有几个弟弟，都挺生的！我意思你叫我自己个儿过去活动活动，出口闷气，说实在的六哥，每天这破日子过得这叫一个熬淘，这事一出吧正好，我也进去舒坦两天！"

六爷："稍息吧三儿，刚出来两天就痒痒！我是说事是这么个事，可现在什么年头了，咱那套不好使了！你想，真弄一群生瓜蛋子没轻没重的，一句话没说好噌了，最后打得血瓢似的，你保准不出人命啊？得有个法子！"

灯罩儿拎着波儿到湖边，对着正在转圈的两人大喊："六哥，就这两天锻炼也没蛋用啊！我托人问了，就这、这种情况，一抓一准儿！就是先得立案，报非法拘禁！"

两人看他一眼，谁也没说话，闷三儿拉起六爷滑开。

灯罩儿朝他们喊："六哥，咱们真去啊？"

弹球儿上来："叔？去哪儿？我没事！"

冰场外，六爷和闷三儿坐下。

闷三儿说："你说个法子吧？"

六爷说:"其实也不算法子,闷三儿,咱多大了?眼见六十了吧,我这见天儿的老想着会会咱们那帮老哥们儿,我总觉这辈子恐怕难了,人都变了。"

闷三儿说:"狼崽子老猫洋火儿他们?上回聚还是在这儿被新街口那帮围了那次吧?这说话几十年了,现在哪儿找人去啊?"

六爷说:"发个帖子,说六哥有难了,让大伙聚聚,看看还能行不?摆个阵势的事,我看这帮孩子还是嫩,就是玩,动不了真格的!咱这帮人今儿都人模狗样的,说话都肚子里有数,做事都手上有分寸,围了人盘盘道就成,怎么着也有招儿把孩子弄回来,关键是捎带手哥几个能聚聚!"

闷三儿:"操,有点儿悬!"

六爷:"总得试试!"

弹球儿臊眉耷眼地走了出来,话匣子的电动摩托车停在他面前。

弹球儿指指屋里,话匣子摇摇头,进去。

室内,六爷看见话匣子想坐起来,话匣子按下他。

话匣子:"别动了,我准备报警,但我肯定得先跟你说一声。"

六爷摇头,话匣子:"我问过了,晓波划车这种事,顶天了十五天,对方拘禁如果事实成立,会三年左右。"

六爷凶狠地看着她摇头,话匣子:"六哥!"

六爷:"现在已经不是这个事了,说了你也不明白,这事得听我的,你报了警,咱就这辈子别见了!"

话匣子咬着牙:"我怎么那么想抽你啊?"

话匣子手机突然响起,她看见电话号码突然惊慌起来,她看看六爷。

六爷:"谁呀?"

话匣子拿着手机冲出屋:"没事,朋友!"

六爷狐疑地站起来,看见她边接电话边跑出院门。

话匣子穿过烟袋斜街来到街上。

一辆坤车停在路边,话匣子挂上电话,犹疑地靠近,车门打开了,张晓波下了车,开车的女孩儿冲话匣子笑一下。

话匣子拉过他看了看:"怎么不先找你爸?"

晓波:"这还用我说吗?霞姨,先找你看看怎么办。"

身后六爷的声音响起:"怎么办啊?回来就好办!"

六爷来到晓波旁边,晓波躲闪着,小飞的女友下车冲六爷点头。

女孩儿转向晓波,递给他一个大纸袋:"是我对不起你,事情想简单了,以后好好保重,千万对你爸好点,你爸真的挺棒的!"

女孩儿到六爷跟前点头:"叔叔,我把他偷着带出来的,您可千万别再去了!"

六爷点头:"孩子,你回去会有麻烦吗?有麻烦说话!"

女孩儿笑笑上车,看着女孩儿的车离去,三个人静立着。

"啪!"一只老式手铐把晓波铐在室内的暖气片子上。

晓波大叫:"你他妈干吗呀张学军?你有气冲我发什么呀?给我解开,我不是你附属品,有本事抽他们丫去啊。你有本事,你有本事我受这欺负?放开,我早跟你没关系了。"

六爷走到外屋,听着室内晓波的喊叫,话匣子直皱眉。

话匣子:"至于给孩子铐起来吗?回来不是好事吗?"

六爷:"闭嘴,我的儿子,我管!"

话匣子摇摇头,从文件袋掏出一沓沓的人民币,有十万块钱。

话匣子看着封印:"这不我那钱吗?姑娘是把咱赔的钱又都给拿回来了。"

六爷:"偷!那叫偷回来的!"

纸袋子里还有几个信封,看起来像是银行信函,但是写的都是英文,话匣子看了看,把那些回执信留在了纸袋子里,然后团成一团,扔在了旁边。

话匣子:"我不是想管你,也管不着,但是现在这情绪你们俩解决不了问题,就剩下打了,你让他先在我那儿住一天,我跟孩子聊聊,保证他不会跑,信我吗?"

六爷看着她,苦笑一下。鹩哥哑着嗓子叫了一声。

晓波洗完澡出来,话匣子找出几件新衣服扔过去:"换上!"

话匣子:"以后跟你爸别那么说话,那是你爸!"

晓波一边穿衣服,一边说:"您说句实话,他是我亲爸吗?打我妈走了,就没见他管过我,就剩下见天儿胡同里瞎晃悠了,我觉得他根本就没盼过我好!"

话匣子说:"不盼你好还为了把你弄出来,把房子都押给我了,他就是不愿意跟你说。"

晓波愣了一下,说:"反正他怎么都是过!霞姨,你是没天天跟他一块过,天天跟你吹牛逼,没别的了,你受得了受不了?"

话匣子说:"还真不是吹牛逼晓波,霞姨十六岁就看着他们真牛逼的样子,用那会儿话说真就算是个男的,就那闷三儿,原来胡同儿小孩儿,八三年你爸四五个人跟他们几十人就在后面冰场干起来,你爸一把冰刀对十几个没倒下,那会儿你爸猛起来,挺吓人的。"

晓波:"不就是会打架吗,算什么本事?"

话匣子:"不是会打架这么简单,那种感觉,反正我跟你说不清楚,这么说吧,每个人都有特好的时候特好的地方,只不过早晚得过去!他们这篇算翻过去了,没人在乎,可是人都会不甘心不是?你是他最近最亲的人,不跟你唠叨跟谁唠叨呀?"

晓波说:"有什么可唠叨的,他要是也能像别人似的干点正事,不这么天天晃来晃去,能这么快翻篇吗。"

话匣子微微一愣。

闷三儿骑着自行车从麻辣烫摊前经过,摊主用火机点着煤气罐。

六爷静静坐在小卖部外,嘬着二锅头,一辆自行车吱地停下。

闷三儿:"人回来了?"

六爷点头,闷三儿:"那明儿晚上还去吗?"

六爷看看他,摇摇头,闷三儿低下了头。

六爷:"大家伙儿那儿,得交代一声!"

闷三儿点点头:"您甭管了,能来的,我都支应着,您给灯罩儿说一声得了!"

突然,胡同尽头卖麻辣烫的方向传来一声巨响,浓烟冒起,有一扇墙倒塌。

两个人看看惊慌失措跑过去的人们,闷三儿叹口气,黯然离开,六爷凝视着远方,猛然喝了口酒!

胡同尽头麻辣烫摊煤气罐的爆炸浓烟燃起,话匣子远远地看着呼喊惊叫的人们,说:"照我看,就他那人,明晚上还得去!"

晓波说:"这都什么年代了,这人怎么这么轴啊?那怎么办霞姨?那帮孩子狠着呢,根本不管你是谁。"

话匣子想了想说:"你洋酒能喝吗?"

晓波说:"还行!"

话匣子想了想,拿出瓶伏特加:"每天晚上他都得喝点儿,明天晚上拿着这个去道个歉,陪他喝!"

晓波:"我哪跟他喝得了啊霞姨,坐一块儿都难受!"

话匣子:"你得坐一块儿晓波,你在这个世界上就这么一个亲人,你再长长就知道了,等你想坐一块儿的时候,都没机会了!他为了你命都豁得出去,这点事你做不了?你记住,他三两就倒,这种洋酒更没戏，基本上两杯就睡了，放倒他，熬过约架那个点儿，这个事情就过去了，好吗？"

晓波愣愣地看着话匣子。

社区中医院里，一个年轻的中医正在给六爷把脉，看舌苔。

中医看着六爷，面色严峻地开药。

六爷："怎么着肖大夫？要玩儿完？"

肖大夫摇摇头说："不至于，但是血管毕竟堵了，你真要命，就得改变一下生活方式，凡事顺心而动，别拧着、逆着，尽量让自己情绪愉快起来。"

六爷点头说："顺心而动！"

肖大夫说："调养，说白了就是平常尽量别激动，平静点，千万别有大运动量，心脏撑不住，饮食上少吃肉。"

六爷说："喝点酒呢？"

肖医生点头："少喝！"

那瓶伏特加啪地放在六爷桌上，六爷狐疑地看着它。

晓波说："以后我可以住家里,住里面这屋,可有一样,你别管我!"

六爷眯着眼看着他,说:"成!"

大师傅炒着菜看向他们,有客人在他们左右进出。

晓波倒上酒:"那就算我道歉了?咱互相理解了?"

六爷闻闻洋酒,举杯:"杯子低点,没样儿!"

六爷仰头喝下,露出艰难的表情:"你们这帮孩子就喝这?"

晓波点头,六爷拿出自己的二锅头给晓波倒上:"既然难得侃侃,咱爷俩就换换,你喝我这口,我喝你这口!"

晓波面露难色。

六爷瞪眼:"怎么啦?互相理解嘛!"

大师傅上菜,看着这父子俩轻笑了一下。

两个人皱着眉喝。突然,六爷杯子一放。

六爷说:"相互理解?我还是他妈不理解,你说你们天天想什么呢?除了图钱图女人还能图个什么?"

晓波一愣:"除了钱、女人还能图什么啊?图个乐,高兴就好!"

六爷说:"你高兴了,别人难受了!有个规矩吗?

你说你为个女孩惹这么大祸值得吗？高高大大一条汉子除了女的，一辈子没别的事了？"

晓波说："还真是，现在这人就还没别的事了。"

六爷要发火，强忍着说："我今天还就跟你掰扯掰扯了，晓波你说，那女孩儿是别人的吧？你这么做操蛋不？你出事你有朋友管你吗？都跟没关系似的！小飞那帮孩子打别人行，自己挨打不行，这他妈有规矩吗？这世界人人都这么没规矩成什么了？"

晓波微醺着摆手："您有规矩的是什么世界啊？除了打架斗殴能怎么着啊？别管您以前有一号两号的，现在谁知道您是谁啊？"

六爷盯着他："打架斗殴？那也是江湖，人都讲理！"

晓波笑了："一群流氓地痞，江什么湖啊？"

六爷说："我看你们才是一群小流氓，老辈子留下的东西就没一点好？"

晓波说："不懂，您老讲一样儿！"

六爷说："至少，这男的得有男的样儿吧晓波？别人我管不着，你是我儿子，我就看不得你这尿捏二椅子样儿，你妈在的时候……"

晓波说:"别他妈跟我提我妈!"

六爷腾地站了起来,晓波也腾地站了起来,两个人对视着。

餐馆里静下来,大师傅停下手里活,客人看着他们。

晓波说:"想打我是吧?打啊,反正你是我爸,反正你爱打人,反正你现在也打不了别人!"

六爷心脏开始绞痛,他看看左右坐下来:"行,出息了!我敢打你?你打我吧爹!"

晓波说:"您是爹,您当爹的九六年躲事跑了,知道我们怎么过的吗?知道我妈撞了以后大冬天没钱躺医院走廊里什么样吗?你一进去好几年,我怎么活下来的?问你呢当爹的!真当我那会儿人小不记事?"

六爷大口喝酒,他摆摆手:"这么着,前面的不说了,我总不能给你磕一个吧?你也二十多了,你就告诉我你后面想怎么过,到了儿想干点什么正经的?"

晓波看出六爷的不舒服,他看看周围,缓一缓坐下。

晓波干杯:"实话实说,我一直想在这边开个酒吧!"

六爷看着晓波,良久点头:"成,算个主意!那跟你商量个事,把你那兜掏出来,我看看你拿什么开?"

晓波犹豫一下,摇摇头开始掏兜,零钱、烟、上网卡。

六爷点点头:"开个屁!"

晓波咕咚咕咚灌酒:"您呢,多少年了,总不能一天到晚这么晃悠到老吧?"

六爷看看镜子中变形的自己和晓波,说:"已经老了,要我说,其实最想看你娶个媳妇生个小子。"

晓波舌头大了:"咱说点靠谱的行吗?"

六爷笑了:"告诉你也行,就前面一瓶啤酒都卖三十五那几家,还不如咱这地界,咱要开咱就二十,生意差不了,咱不用沙发,咱用长条板凳,每桌中间摆个太师椅为主座,上面铺张虎皮,门口挂个匾——聚义厅!"

晓波有点儿飘:"您把兜掏掏,我看您拿什么开?"

六爷愣了一下,开始掏兜,掏半天,捡出一小把花生米。

晓波拿了颗花生,笑着趴到桌上:"行,别胡说八道了,喝吧。要不我任务完不成了。"

六爷听着这话,看着趴在桌上的晓波,然后狐疑地拿起这瓶酒看看。

六爷看看窗外,一仰脖,独自喝上了。

窗外胡同,弹球儿看到六爷扛着昏睡的晓波,歪歪斜斜出来。

隔着窗户,话匣子登上铁梯,远远地看到六爷将伏特加喝光,晃晃悠悠躺倒床上,她叹口气离开了。

六爷看着表,悄悄起身,在被子里塞了俩枕头,伪装成有人睡的模样,给熟睡的晓波披上衣服。他戴上羊剪绒帽子,别上弹簧锁,提上包悄悄出门了。

六爷出院门,弹球儿躲在暗处,观察着他走过,然后骑车跟上。

后海酒吧依旧喧闹灿烂,六爷骑着车听着酒吧里传来的女歌手柔和的《花房姑娘》声音,他跟着哼了一下,一出音儿,竟是男低音,吓了自个儿一跳。

六爷一脚踩在光洁的冰面上时,冰面就裂开了,六爷皱皱眉,有些不舒服,他喘息开始急促,犹豫着是否继续往前。

远处的弹球儿凑到岸边:"您别再往前走了,再掉下去。六爷,估计您发帖的那些人都不会来了,其实没一个靠谱的,您别等了!"

六爷脸色苍白地看看他:"小兔崽子,跟我?他们来不来没关系,还有对面的来呢,说好的事,得等!"

弹球儿说:"六爷哎,谁来啊?您看看都几点了,就您当真,再说真来了就咱爷俩能怎么着啊?快上来吧!"

岸边,六爷喘息着坐下去:"我不太舒服,坐会儿,小子,要是一会儿那帮兔崽子来了,把这还给人家,说剩下的爷接着凑。"

弹球儿接过纸包,犹豫地看着六爷躺坐在岸边。

远处传来改装车发动机嚣张的轰鸣声,几盏车灯扫了过来。

弹球儿站直了身体。

几辆赛车猛然刹住,小飞带着阿彪等下来,奇怪地看着弹球儿。

弹球儿小心地上前递过纸袋:"六爷还给你的,说剩下的尽量凑!"

阿彪打开,是满满的十万块钱。

小飞点头:"行,真他妈一大侠!我以为他儿子回去了,就没信了呢,人呢?"

阿彪突然大叫,指着弹球儿身后冰面上正在痉挛的六爷。

小飞上前查看:"这怎么了?"

弹球儿有点慌:"可能是心脏吧,六爷老这样!"

小飞急得叫:"那你他妈怎么不叫人?这要死人的,赶紧打电话叫救护车!"

弹球儿说:"我,没带电话!"

小飞转头对着阿彪,阿彪脸色煞白。

小飞吼:"愣着干吗,报丧啊!"

阿彪立刻掏手机打电话。

小飞指着弹球儿说:"哎呀算了,你,帮着抬他车上去!"

六爷被抬起,嘴里含糊不清地说:"这帮孙子,也不言语一声,真成!"

病房里,只能听到心脏监控器发出的"嘀嘀"声,还有人低声说话的声音。

晓波缓缓睁开眼睛，发现自己守了一夜的六爷正躺在床上静静地凝视着他，自己的手还被六爷攥着，晓波有些别扭地躲开他。

六爷一笑，收回手。

病房外，洋火儿和闷三儿交谈着然后告别，洋火儿无意中透过窗户看到六爷睁着眼睛在看他，有些慌乱地离去，闷三儿进来。

六爷说："洋火儿？"

闷三儿说："抢救、病房、最好的药，都是洋火儿花的钱！"

六爷说："谁裤裆没系严实，显出他来啦？"

晓波闷闷道："人家听霞姨说了这事自己过来的，昨晚全靠他了，不行啊？"

闷三儿说："得了，都这模样了，您就歇歇吧，你们爷俩聊，我撤！"

晓波凑近他："人家洋火儿叔来表个心意，这叫理儿，怎么不成啊？"

六爷瞪着晓波，良久："成啊，没说不成啊！"

走廊，闷三儿拍醒椅子上的弹球儿，两人走过办公室。

办公室，医生跟话匣子交代着："患者心脏上三条主要的动脉，有一条堵得已经达到了百分之七十，还有一条冠脉狭窄很严重。现在最好的办法就是做心脏搭桥手术，有一定的危险，需要跟家属把这个说清楚了！"

话匣子说："做！"

六爷说："不做！"

话匣子说："不做会死人的！"

六爷说："做了才会死人呢！话匣子、晓波，你们听我说，这西医，把人身子当零件，哪儿不好割哪儿，好人都给治死了，千万别听他们的！"

话匣子看着晓波给气笑了："做不做？你不同意我让晓波签字，麻药一打你什么都不知道！"

六爷有点气短："我不是怕开膛，你想啊，心上动了刀子，人的气就泄了，人气泄了，离死就不远了，就是拖着，是吧晓波？还有别的招儿吗？"

话匣子说:"保守,药疗,治不了根儿,维持着,有效果还得特长时间!"

六爷眼睛放光:"就是它,药疗,药疗好,咱维持,咱注意,话匣子,哥这么多年没求过你什么事是吧?"

话匣子撇撇嘴,转身走了:"你不挺生的吗!"

看着他离开,六爷对晓波说:"身体发肤受之父母,在理吗?"

晓波叹口气:"在你这儿,什么都占理!回答啊,你不是挺生的吗,大冰刀乱砍不怕,一个小手术刀就怵啦?"

六爷坐起:"尺有所短寸有所长,小手术刀在你肚子里乱转,你又看不见,确实有点麻爪儿,晓波,爸求你一件事,这个世界上,也只有你最亲了!"

晓波一愣,饶有兴味地凑近他:"哟,新鲜了!我变最亲了?那霞姨不亲?"

六爷一撇嘴:"女人!"

走廊里,晓波扶着父亲穿戴整齐地走过走廊,晓波扶着父亲:"你说咱俩要是掉个过儿,是不是我就得非做手术不可?"

六爷看着他,有些闪烁其词:"没有啊,不一定,就事论事!"

医生办公室,隔着玻璃,办公室里话匣子正和医生讨论着,两人路过偷听到,隐约传来医生嘱咐不允许他做刺激心脏的大的动作,六爷比画个下流动作,晓波转头不理睬他,六爷笑了。

医院大院,两个人出来。

六爷说:"灯罩儿这孙子呢?"

晓波说:"你睡的时候来过,人家得做生意!"

六爷刚开嘴骂,后面话匣子就大喊着追出来。

六爷说:"快跑!"

两个人飞身而逃,医院大门越来越近了。

话匣子叫骂着追赶着。

两个人逃出大门,迅速打上一辆出租车离开了。

话匣子站在医院门口无所顾忌地大声叫骂着。

出租车静静地行驶着,晓波戴着手机上的耳机睡着了,六爷好奇地摘下他一只耳机塞入自己耳朵中,听到的是悠扬的英文歌。

车窗外一辆运载镜子、玻璃的货车驶过,从驶过的镜子中,六爷看到晓波动了一下靠在自己肩膀上的样子,镜中一点没有变形,六爷久久地看着,眼睛泛酸。

出租车停在胡同口,爷俩下了车。

晓波先进院门,六爷跟进去。

六爷穿行在院里,院门口的老太太看到爷俩回来。

老太太说:"哟,这不是晓波吗?可有些日子没见着了。回来啦?"

晓波不理老太太,径直走进家门,老太太拦着六爷打听着,六爷示意老太太别再打听了。

六爷和老人问候着,晓波的惊叫声突然从院里传出来,"张学军!"六爷一愣。

六爷赶进去,室内一片狼藉,到处是被翻动过的杂物,晓波愣在门口。

六爷慢慢环视着走过杂物,他仔细观察了一下墙壁上一处镜框。

六爷径直走向墙角被摔死的鹩哥波儿,他仔细地捡起来,爱怜地捧到眼前看:"波儿!"

身后晓波答应:"有贼!"

六爷看着鸟,眼光变得温柔:"贼不贼的,谋财甭害命啊!晓波,你记得你那会儿玩命教它说什么吗?"

晓波摇了摇头。

六爷摇头:"笨啊,学不会!"

六爷的手机突然拼命响了起来,六爷拿起来看,上面显示是灯罩儿。

大杂院门口,很多人聚集着,六爷带晓波穿过街坊,走到灯罩儿家门前,看得见灯罩儿家里也一片狼藉,警察正在跟灯罩儿的老婆录口供,灯罩儿老婆情绪激动地跟片警诉说着回家发现的情况。

灯罩儿看见六爷,沮丧地出来,"点儿背,放着好好的大户不偷,偷我一揭不开锅的,什么眼神儿啊,真背。"

六爷凝视着灯罩儿的室内,一字一句地说:"你不背,该来的!"

灯罩儿诧异地看着他。

晓波说:"我们家也是。"

六爷点点头。

灯罩儿说:"那三儿?"

"吱!"闷三儿的自行车突然急急地刹在门口,看着这情况,闷三儿也苦笑一下,冲哥俩点了点头。

一只手把鹩哥波儿装盒放入土坑,填土立碑,六爷起身。

傍晚的余晖下,几个人和晓波俯瞰着鼓楼中轴线上的故宫。

闷三儿说:"小兔崽子!"

灯罩儿说:"约茬架,约成这鸡巴样儿,现在这都什么屄逼啊,不带照面的。"

闷三儿说:"六哥,真要是这帮孩子,我琢磨着不是较劲这点事,这么做,怕是有点别的什么咱不知道的吧。"

六爷看着晓波说:"波儿,你是不是还有事没说?比如拿人家什么东西了吗?"

晓波盯着六爷,喘息着按捺自己:"你不信我?"

六爷拍拍晓波脑袋，回身看哥俩："算了，甭嘀咕了，咱也不是第一回了，估摸着是由这事起的，慢慢的闹大了，中间有什么幺蛾子咱现在也不知道，等着吧，该来肯定来！能怎么着吧！"

晓波骑着车带着六爷歪歪扭扭地走在一条窄窄的胡同里。

六爷说："祖宗，您能不画龙拣直了骑吗？蹦秧歌哪？"

晓波一笑，歪着嘴骑着。

路口处闪出几个黑影儿。

他们在注视着六爷父子，六爷也注视着他们。

他们骑过，后面的人慢慢围拢上来，六爷不说话了，斜睨着他们。

晓波低声说："有几个见过，小飞那边的。"

六爷点头："前面花妮子家那小巷子，小时候老带你逮蛐蛐那地儿？你玩命骑进去，只管跑，什么也别管，记着老花猫家看着像死胡同。"

晓波说："后门就是前海。"

六爷说:"门儿清,喊人,只要咱这片的人都行!"

晓波说:"不去,那你怎么办?"

六爷说:"盘道呗,事来了谁也躲不了,听我的,先去!"

六爷突然跳下车,用力将晓波的自行车推入狭窄的小巷,两个男人猝不及防,反应过来后六爷已经回身挡住了小巷口,一个人走近他。

留小胡子的中年人带着南方口音:"朋友,问个路?"

六爷瞧一眼小胡子。小胡子笑眯眯,一身黑皮衣,左颊有一刀疤。

六爷说:"常听晓波讲,小飞身旁有一军师,叫恭叔。是你吧。"

恭叔笑:"么子军师,就是讨碗饭,给人看家守门的狗。"

六爷一愣,随即笑:"明白了,问正事吧!"

恭叔一愣,笑了:"好,那就简单点,东西在哪儿?"

六爷说:"什么东西?"

恭叔看着他,淡淡笑了,他闪开身。

六爷屏气凝神,他知道时候到了。

小胡子身后一个小伙子突然一拳打过来，拳头却被一把弹簧锁钢头弹开了，接着六爷用额头猛烈撞击对方眉骨，那小子像被巨炮轰了，骨子架软塌下去。几个人同时冲上来，六爷抢开弹簧锁，一声不响地开始抽击。

小巷，晓波跑过拐弯之后，下意识回头，远远地看着众人围打自己父亲，六爷拼命挡在小巷口，晓波咬咬牙，跑了回来。

六爷已经喘息剧烈力不能支，他在几次打击之后倒在地上。

恭叔用脚踩住六爷，拿出甩棍："再问一遍，东西在哪儿呢？"

六爷喘息着盯着他，微笑着，众人等待着。

突然，恭叔的脸上挨了重重一拳，恭叔接连后退，差点摔倒在地上。

晓波疯狂地挥着拳头，站在六爷身前："操你妈的，你们丫一群人欺负岁数大的算什么本事啊！冲我来！张学军，张学军，你没事吧？"

六爷注视着他，身不能动，口不能言。

恭叔一把扳过晓波，原地拎起，双手一送，晓波重重摔在墙上。晓波刚要爬起,一拳又贴到脸上。紧接着,脸被恭叔抬起,一膝盖顶在下巴处。晓波登时晕厥。

六爷挣扎着跪爬起来,恭叔抢过去,左臂环扣着六爷的脖子,右肘甩过去,直击太阳穴。

六爷眼前闪过一片花,头随着击打力的惯性不停地摇晃,紧接着嘴角一凉,鼻中血珠儿滚落下来。

恭叔说:"知道我什么手段了吧?"

六爷背贴着墙,喘着粗气。突然笑起来。

六爷说:"知道,狗嘛!上来自报家门,就知道你亡命徒一个,为求生存,不择手段,北京还真不多见。"

恭叔笑说:"北京人,都是嘴上仗义。"

六爷抹一把鼻血,点点头:"没错,手里面见真章儿的还真不多,不过有那么一两个,你们这帮孙子就吃不消。"

恭叔说:"东西拿来。"

六爷哈哈乐,"他妈这点儿手段就想从六爷手里要东西,忒看不起人了吧。"

恭叔面容一紧,随即从身后人手里要过一根棒球棍。

恭叔眉开眼笑："这么跟您要东西，是有点儿寒碜。"

六爷摇头："太寒碜了！简直无地自容。"

恭叔一棍子抡过去，六爷背上发出闷闷一响。

六爷大叫："寒碜，寒碜！真他妈寒碜！"

恭叔笑："是我做事不周。"

臂上加了劲儿，又是一闷棍。

六爷瞪着恭叔，眼里冒出血丝："新来的小姐，手里不加劲儿，爷可不给钱！"

恭叔笑得更欢，挽起袖子，腰板儿绷紧，手一抬。突然警笛声响冒起。

六爷躺在地上，模糊的眼里，一群黑衣人丢了棍棒跑开。他看到一旁晕厥的晓波，想爬过去，身子一动，疼痛像一把铁钩钩在了嗓子眼儿里，他哇地吐了一大口血，眼前开始浑浊，世界倒躺着，起伏着，变成道急流。他不知这急流要将他冲到何处去，只觉得，顺着这急流，撞在一块石头上，昏死过去，便安心了。

拾贰

六爷刮好胡须,照了照镜子。屋里暗,镜子照不出什么,只能看到俩眼里冒着精光。

晓波躺在重症监护病床上,插入呼吸机,人陷入了昏迷中。

六爷挂着彩,隔着窗外,看着晓波,嘴里跟医生说:"重度脑震荡?"

旁边的急诊医生点头:"还有轻微头骨骨裂!"

六爷说:"医生您呢,您能简单告诉我有什么后果吗?他后半辈子?"

医生平静地说:"简单说,外力形成的一时性意识失却不要紧，怕的是器质性病变，这么说吧，有些患者的后遗症是健忘、胡言。"

六爷咬紧牙关，紧紧盯着室内昏迷的晓波，突然转身就走。

他在楼道里快速地走着，边走边拆下缠裹胳膊的绷带，医院楼道里，迎面碰上带着两个警察来的话匣子和灯罩儿。

话匣子拦住他："这事儿咱们这片的小李知道了，要问问情况。"

六爷看看片警，用狠狠的眼神盯着她："要说你说，我不知道！"

六爷快步走出去，片警看着他的背影："什么情况？又得罪什么人了吧？"

灯罩儿犹豫地看着话匣子："没有没有，打架呗！"

话匣子："又是几个喝多的在他门口又吐又尿的，你们知道他这个尿脾气，容不得这个！"

一辆破旧的 130 急刹停下，从车上接连跳下几个农村孩子，手里拿着砍刀棍棒。少年们兴奋地冲进修理厂。

闷三儿从驾驶室下来，提着军刺，一脸酱紫。

修理厂空无一人，所有的工具设施都消失一空，楼上楼下空荡荡的似乎从未有人来过，保险柜大敞着空无一物。

闷三儿吼了一句："给我砸！"

六爷的声音传来："砸什么砸啊？三儿，叫孩子们都走！"

闷三儿回头，六爷一瘸一拐地走了进来，身后出租车驶远了。

闷三儿摆摆手，让少年们先出去，六爷走近闷三儿，指着这些少年背影。

六爷："干吗呀？想酿一个大血案啊？明儿头条——死四伤仨？"

闷三儿眼睛血红，点头："想，不该吗？"

六爷看着他，慢慢拍拍他的头："兄弟，该！也得对上正主儿，这堆不分青红皂白的玩意儿，拼起来你我都控制不了，最后反倒是咱的不是，对不对？再说了，这些孩子也是条命，也是爹娘生的，这个事跟他们没关系不是。"

闷三儿压抑住泪水："六哥。太憋屈了，我就操他妈的，咱什么时候受过这个气！"

六爷用额头顶住他的额头："三儿，能怎么着啊，人怎么着都是一辈子，这事冲我来的，我就得应着不是，别人帮不上！"

大厅边一个电话亭中的电话响起，两个人霍然分开，注视着电话。

六爷慢慢走上前，拿起电话："说！"

里面传来恭叔的声音："六爷！身子可痒？"

六爷笑："痒！你们南方人就是不痛快，小鼻子小眼儿，小碟子小盘儿的，憋半天都他妈没等着大菜！"

"我也老了，出手并不比从前大方，您多担待。"

"不急，这桌子菜，我们慢慢儿吃。说吧，想怎么了？"

"有一样东西，那不是你的，只要你还回来。"

六爷说："行，告诉我是什么！"

恭叔迟疑了一下："你儿子回去那天，那个女孩给了你一个袋子。"

六爷："钱？"

恭叔说:"除了钱之外,还有几封信!那孩子太紧张,没注意就一起带走了,其中有一个信封,你还回来,就当什么事儿都没发生,东西交给别人,你该知道后果的!你们生活得很简单,别搅进去。"

六爷看着闷三儿:"那袋子我早就扔了。"

恭叔说:"把东西还回来,你们就没事儿了,这世界不是你们小老百姓能想象到的,别给自己添这样的麻烦!"

电话挂掉了,六爷看着纳闷儿的闷三儿,良久,六爷拔腿便走。

胡同小卖部外垃圾箱,六爷和闷三儿在垃圾箱里努力地翻找着,垃圾被翻了一地。

闷三儿索性一脚踹翻垃圾桶,六爷趴在上面仔细寻找着。

六爷终于在一堆垃圾里找着了那个揉皱的破纸袋子。

六爷打开了袋子,果然在里面找到了那几个信封。

六爷眯着眼看着,闷三儿凑过来看,两个人看着上面的英文面面相觑。

话匣子正在电脑翻译网页上,飞速地翻译着一个个单词。

网吧寂静无人,她面前的电脑上呈现着已经翻墙的欧洲银行信息。

六爷、闷三儿看着桌上放着的这几张揉皱的单据,静静地等待着。

话匣子在一张纸上记下最后一笔,抬起头说:"大概齐吧,这个简称UBS的瑞士银行是个联合集团,为一切客户保密!这几张都是个通知,没什么用,只是知道客户名叫谭小飞,只有这一张。"

话匣子拿起其中一张:"这是今年六月份的对账单。"

六爷戴上花镜,和闷三儿同时往前倾身,仔细看着上面的小字。

闷三儿开始数:"个、十、百、千、万、十万——七十三万?"

六爷一拨拉他,"什么眼神儿啊?百万,七百多万。"

话匣子放下单子,"而且是欧元!"

闷三儿呆坐回去,"我就操他妈的,这世界真不是我们小老百姓能想象的！"

六爷说："你说小飞他爸是湖南一副省长？"

话匣子点头："一般都这样，放孩子名下，退了就直接颠儿了！"

六爷："怎么他妈弄这么多钱？"

话匣子笑了："六哥呀，这只是其中一张单子，这才哪到哪儿啊？咱看不到的多了去了，现在人都这样，您别老跟待在旧社会似的！"

六爷说："坏人，老话儿说，这就叫坏人！"

话匣子说："您是好人，您能干吗啊？不给人还回去您当他们能完？这可是人家身家性命大事，六哥，这回可不能再由着性子了！"

六爷转头看闷三儿，闷三儿看着他说："我听你的，想怎么着都行！"

六爷思索着，点燃两支烟，"这么着，晓波还在医院里躺着，这事得有个了断！是报官还是还回去容我想想，咱别把事放一块算账，一码归一码！"

话匣子盯着他说："千万别报官六哥，你听我一句，这帮人咱惹不起！"

六爷笑笑,将一支点燃的烟插到话匣子嘴里。
"知道知道!"

六爷迎面碰上跑来的弹球儿,弹球喘息地指指胡同口。

那里停着一辆紫色的跑车,正轰鸣着,有人围着车在看,几个坐在墙边的老人注视着,六爷推走弹球儿,一步步走过去。

窗户下来,侯小杰半笑不笑地说。"六爷!"

六爷笑了:"到这地界儿来,也不能低调点?"

侯小杰说:"小飞哥想见您,就他一人,说您肯定能答应!"

六爷说:"小子,他怎么知道我肯定答应,要是给我下套儿呢?"

侯小杰苦着脸:"真不是六爷,他现在颓了,跟家里闹翻了,躲着呢!"

六爷点点头。

远远地,弹球儿看着六爷,六爷上车,车启动瞬间跑走。

车窗外是高速行进中的现代化北京，前方是笔直的通向穿出城区的高速公路。

六爷看着眼前这一切，叹了口气。

车内的迷幻音乐被侯小杰主动关掉，侯小杰瞄瞄他，"爷，您是想吐？"

空荡的大厅，到处是衣服、滑板、汽车杂志和酒瓶，一个人也没有。

坐在下面沙发上的小飞胡子拉碴地抬头，"六爷！"

六爷跟小飞点了点头："在北京，住这种地儿得多少钱？"

小飞苦笑："您要想住，我送您一套！"

六爷一摆手："别！说吧小子，要东西不自己来？"

小飞点头："我现在出不去，拿不回来对账单，我爸会杀了我！"

六爷笑了，翻着书："杀你？杀我吧？"

小飞说："那不至于，但他们、他们还想绑人，让我给拦住了。您听我一句，那东西真对您没用！"

六爷说:"小子你听好,咱们晓波这事还没有结,对账单这事得后说,凡事有个先来后到不是,告诉你爸那群人,咱们一档子一档子码!"

小飞点点头:"晓波?晓波怎么了?"

六爷说:"重度脑震荡,还有轻微头骨骨裂,昏迷意识失却,有健忘、胡言的后遗症可能。"

小飞惊讶,沉默几秒,"一百万行吗?"

六爷看着他,瞪起了眼:"甭琢磨,一千万也没戏!"

小飞低下了头说:"知道,六爷!没碰上您之前,我以为这样人都是书里写的呢,碰上您,我信了!"

六爷眯起眼:"我什么人啊?我什么人都不是,我就是老辈子嘴里不入流的下三烂。"

小飞摇摇头:"其实今天和您见面,我也是和他们说好的,我告诉他们只要按您的规矩来,您绝对不会报警,事情就能解决!"

六爷听着,来了兴趣,"按我的规矩来?"

小飞点头,凝视着他说:"按你们北京茬架那规矩来,您说时间地点,我们赢了您还东西,修车钱也不要了,你们赢了,该替晓波出气就出气,那张对账单,您,随便处理!"

六爷眼睛放光:"并一块儿了?好,咱就并一块儿说,那我问你几个事,一个,我那只鸟谁摔死的?"

小飞嗫嚅着:"应该是龚叔,有胡子那个,听他们说那个鸟老在那儿叫!"

六爷眼睛更加明亮:"恭叔,好,好手段。打人不含糊啊。"

小飞说:"您俩交过手了?"

六爷眼眉低垂:"算不得交手,光他打我了。不过看得出来,是根儿他妈老油条,下手又快又黑。"

小飞说:"恭叔在长沙,名声不好,但是道儿上的朋友人人皆知。"

六爷沉吟,说:"他去不去?"

小飞说:"您答应他就去!"

六爷说:"答应!当然得答应,这顿饭缺他就没什么滋味儿了。后天早上八点,颐和园那儿有个野湖!"

小飞点头。

一只大鸟从窗前低低掠过。六爷望着远去的大鸟出神。

小飞说:"天儿越来越凉。"

六爷没言语。

小卖部关着门,弹球儿匆匆而入。

六爷细心地将那张对账单用塑料袋封好,装入一个信封,用糨糊封口。

弹球儿拿着一封挂号信进来,"六爷,有您挂号信!"

六爷接过来,"你不是说寄信不灵了吗?"

弹球儿说:"咱们那邮筒不灵了,邮局开着呢,挂号信还是保险,就是慢!"

六爷将自己的信封递给他,"得了,那就省你事了,把这挂号去!"

弹球儿看着信封上"中纪委"的大字,说:"您不是不报警吗?"

六爷打他后脑勺一下,"看看字儿,那叫报警?那是中纪委!在我这儿,人事是小事,国事那叫大事,一码归一码,学着小子!"

弹球儿一乐:"得嘞!"

弹球儿跑开，六爷拆信，先掉出两张一百的现金，六爷戴上眼镜，仔细看挂号信上的落款：

　　山东省临沂市平邑县郑虹。

　　深夜，胡同静悄悄。胡同口儿冒出几个酒鬼，斜着膀子号，似哭似唱。

　　卧室里，一只长长的木盒被从床底下取出，打开，是一把日本武士刀。

　　六爷抽出刀，刀身发黑，如窄窄一道石油河。

　　六爷轻吹了一口气，刀身上却并不泛起尘土。

　　六爷用手指蘸一口吐沫，摸上去，凉得缩回手。

　　六爷半举在高空，斜斜劈了一下，空气像被拉上了拉锁。

　　六爷刮好胡须，照了照镜子。屋里暗，镜子照不出什么，只能看到俩眼里冒着精光。

　　六爷打开墙壁上镜框后面的暗洞，那里面是一个中年女人的遗像，一个堆满香灰的香炉。六爷凝住神，上了香，身子突然像甩下去的鞭子，急急地鞠了个躬，又迅速直起身。转过身，再不看香炉一眼。

六爷拿出一个塑料夹子。把塑料夹子里人寿保险单卷入报纸里，上面的保险受益人是张晓波的名字。他用报纸包好。

六爷拧开一瓶小二。一口喝净，嘴里竟泛甜。

六爷打开衣柜，从最里层找出一件发黄的将校呢大衣。

六爷穿好，照镜子，依旧照不出什么。只看到两道精光。

六爷挤过狭窄的通道，空调机沉寂着，突然喧嚣着震颤起来。

六爷开锁，脚一蹬，车子溜出老远。

胡同外，二爷坐在马扎上，目光无神。

六爷停车给二爷点烟，二爷指指前面酒吧门前满地的碎酒瓶摇头。

六爷点点头，二爷看着他背上的刀，眼里突然冒出光。

六爷笑笑。

二爷说:"有雨,别冷了身。"

一夜喧嚣的后海在黎明中沉寂着,偶尔有锻炼的老人跑过。

六爷路过话匣子酒吧,他用力将报纸包裹的信和保险单从酒吧开着的窗户投进去,他没再回头。

六爷在北京各种街道上默默地骑着车。环线上,六爷忽然听到了身后传来人们的惊呼声和汽车喇叭声。

六爷回头,惊奇地发现一只大鸵鸟正穿过车流,向自己这里奔跑过来。

六爷吃惊地停下车看着,鸵鸟旁若无人地大步跑过自己身边。

后面的警车呼啸着跟过,六爷看着跑远的鸵鸟突然大笑起来:"这孙子!"

六爷奋力飞奔着追赶鸵鸟。那鸵鸟突然挣了下翅膀,后腿重重一撩,六爷眼睛一花,再睁眼,鸵鸟早不见了。

六爷愣住。嘀咕一声:"变戏法啊!"

沿后海的胡同口今天热闹起来，一辆又一辆的汽车依次停下，几个中年人纷纷下车，闷三儿、灯罩儿和他们拥抱着、热聊着。

话匣子在胡同口依然接连不断地打着电话，指引着对方来这里集合。

弹球儿兴奋地指引着新来的车辆停下——从夏利、家用车、金杯面包，到宝马宾利，各种各样的车辆越来越多。

冰冻的湖面，两岸荒草丛生。

小飞萎靡地站在几辆车旁，龚叔和二十多个小伙子静静地等待着。

龚叔抬手看看表，已经八点了，他看向小飞。

小飞看着他，肯定地点点头。

他们身后有动静，龚叔等人回过身，六爷竟然隔湖在对岸出现。

远远地，六爷把自行车停下支好，脸色苍白地慢慢下车看着他们。

有些疲惫的六爷慢慢走向湖边，龚叔看一眼小飞，走出人群。

龚叔："一个人？对账单带来了吗？"

远远地，六爷笑笑，冲他招手，龚叔停顿一下，也冲他招手。

六爷一笑，开始一步步地向他们的方向走来，第一步踏上湖面，他脚下的冰发出了嘎嘎的声音，六爷停顿一下，依旧走向湖心。

小飞旁边的一群职业打手笑了，几个年轻人上来护卫龚叔，提起手里的甩棍，龚叔笑着让他们后退。

六爷慢慢地走着，慢慢地卸下军刀的包裹，慢慢将带鞘的刀扛在肩上。

龚叔略微吃惊地看了看周围人，小飞看看他，转头望向走来的六爷。

六爷肩头的战刀在六爷的用力下，刀鞘一点点掉了下来，露出了雪亮锋利的军刀本色。

龚叔不再笑了，他后面的人慢慢拿起了棒球棍，小飞紧张地注视着。

六爷扛着刀往前走,心脏绞痛,每一腿迈出去,像抽掉一根筋。

小飞看着他将肩膀上的军刀拖在地上,脚步越来越慢,他咬紧嘴唇。

满头大汗的六爷努力地向前走着,军刀在地上划出长长的线。

越来越近了,六爷的每一步变得异常艰难,但他依旧走着,打手们不再笑了,几个人再次护在龚叔身前举起了棒球棍,龚叔慢慢退后。

六爷轻轻笑了,小飞看着越来越近的六爷,眼眶湿润。

几十辆各种各样的车辆轰鸣着驶近湖畔,中年的人们停下车纷纷下来,大家莫名其妙地互相看看,然后注视着话匣子和灯罩儿。

闷三儿指指前方独行的六爷,不言语。大家注视着远处六爷的背影和对面的人群,安静下来。

六爷并没有回头,对面龚叔一行人有些慌。只有小飞看着远处这些大叔的样子,竟然有些兴奋。

六爷离得越来越近了，对方也有打手跃跃欲试，龚叔阻止着他们。

闷三儿这一边，有些中年人开始默默拿出车里的车锁、球棒、工具。

众人低语交流："六哥的事？怎么他妈不早说？欺负人是吧？"

洋火儿笑着点头，从自己的宾利车里抽出一杆高尔夫球杆。

六爷揪住胸口，脸色煞白地低头，剧烈地喘息着。

洋火儿、灯罩儿等人踏上冰面，冰面吱吱叫着有些开裂，六爷回头，冲他们摇摇头，闷三儿上前拦住了大家。

话匣子咬着嘴唇忍住眼泪，"大伙儿听我的，先别过去！"

六爷点点头，继续走着，他的刀拖在地上越来越无力，人越来越踉跄，六爷顽强地走完了他的最后一步，在距离不远的情况下，他再也不能前进，他看看热泪盈眶的小飞，冲他点点头，然后用最后的力气回头，看着身后当年的那些老朋友，他慢慢地笑了。

六爷努力想给大伙儿鞠个躬,但他做不到了,弯腰过程中他竟然跪了下去,当他回头看向小飞这边时,龚叔微笑着冲他招招手。

一切安静下来,广场上只有六爷的喘息声,他紧紧皱起了眉头。

谁也没有想到,六爷竟然站了起来,然后突然开始奔跑,他变得迅速而敏捷,他奔跑着、缩短着自己与龚叔的距离,战刀再次扬起,刀身在阳光下闪着光芒飞奔着。

龚叔瞬间慌乱,吃惊地后退,小伙子们犹豫了,小飞满脸泪水不能自禁。

静静的湖面,所有人都在看着,灯罩儿眼泪夺眶而出。

所有这些中年人都咬紧牙关看着面前飞扬的六爷。

话匣子呆呆地往前走了几步,然后快步跑上前,当她哭声传出的一刹那,闷三儿眼睛血红,他的声音突然嘶哑:"干他们丫的!"

几十个老炮儿突然从不同方向默契地冲上去,整齐而迅速。

队伍压过去,像一张网,张开,收缩。

人们跑过已经倒地的六爷。

话匣子奔过去,手抱起了六爷的头。

那头温热的,像热池子里的毛巾。

拘留所外面,停着一辆大巴车。

大巴车的司机坐在车里,听着广播:"原湖南省常委、副省长谭钧耀涉嫌严重违纪违法,正在接受组织调查,还有证据表明,其子谭小飞曾经在前年二月肇事逃逸致人死亡,谭钧耀利用职权帮助其逃脱了法律的惩罚。"

车内,话匣子静静地听着,她看到拘留所大铁门启动,她示意司机准备一下,然后下了大巴车。

声音传来,拘留所的门开了,闷三儿、灯罩儿带着十几个老炮儿一起有说有笑地从看守所里出来,他们好像很年轻的样子。

大家说着这几天在局子里的兴奋,像回到从前,有人依旧那么尿,有人变得鸡贼了。

话匣子按捺一下自己的情绪,努力做出平静的样子迎了上去。

车上反而变得非常安静,一群中年人默默地坐着,谁也不知道怎么开口。

闷三儿打破了沉静,"那,六哥放哪儿了?"

大伙看着话匣子。

话匣子说:"还盒子里呢,没找着墓地,太贵,还得排队。"

灯罩儿说:"这年头,活人排队,死人照样排!"

洋火儿说:"墓地这事我来办吧,咱大家能聚一起多亏六哥,祭奠祭奠?"

闷三儿说:"那先一起去骨灰堂看看六哥,再聚!"

大家赞同。

话匣子说:"哥儿几个,晓波等着大家呢,他说各位真要想念叨一下六爷,就先去他那儿!"

三轮车夫载着外国游客从小巷穿过,九十岁的二爷依旧坐在板凳上骂着街,瞎子卖力地乞讨着,一瘸一拐的卖艺人照旧吸引着游客。

老炮儿们走过他们,瞎子和话匣子打着招呼。

爆炸过的墙已经修好,灯杆上正在安装监控器。

老哥们儿们在话匣子率领下走向鸦儿胡同。

六爷原来开小卖部的平房现在已经变成了一个怪怪的酒吧,小招待弹球儿在吧台后紧张准备着一会儿将要到来的聚会。

酒吧里摆满长条板凳,每桌一个披着虎皮的大椅子,中间挂着"聚义厅"的匾额,弹球儿迅速地分发完碗和杯子。

弹球儿从酒吧里出来,手里拿着一瓶小二锅头。

一对年轻人走过来:"小师傅,绕晕了,怎么走出去知道不?"

弹球儿蹲下,嘬了一口小二奇怪地看着他们,小情侣对视着。

年轻人大声说:"我问怎么到大街上,小师傅?"

弹球儿看看身后的鸟,一点反应也没有,他只好转头认真地看着年轻人。

弹球儿说:"以后记着,得先叫哥!"

晓波出来,他打量着门口悬挂的鸟笼和里面一只毛色漂亮的鹩哥,夹起大炮虫喂它,看到弹球儿离去,晓波转头凝视着这只鸟,小声嘀咕:"叫爸,叫啊!"

鹩哥跳动着,嘴巴张开,却没言语。

图书在版编目（CIP）数据

老炮儿 / 管虎著 .- 武汉：长江文艺出版社，2016.1

ISBN 978-7-5354-8244-0

I. ①老… II. ①管… III. ①长篇小说—中国—当代 IV. ① I247.5

中国版本图书馆 CIP 数据核字 (2015) 第 238609 号

老炮儿

管虎 著

选题产品策划生产机构	北京长江新世纪文化传媒有限公司
选题策划	金丽红 黎 波 安波舜
责任编辑	张 维　　装帧设计	郭 璐　　媒体运营	刘 冲 刘 峥
助理编辑	宗晋炜　　内文制作	张景莹　　责任印制	张志杰
总 发 行	北京长江新世纪文化传媒有限公司
电　　话	010-58678881　　　传　真	010-58677346
地　　址	北京市朝阳区曙光西里甲 6 号时间国际大厦 A 座 1905 室　邮　编	100028
出　　版	长江出版传媒　长江文艺出版社
地　　址	湖北省武汉市雄楚大街 268 号湖北出版文化城 B 座 9-11 楼　邮　编	430070
印　　刷	北京中科印刷有限公司
开　　本	880 毫米 ×1230 毫米　1/32　　　印　张	7
版　　次	2016 年 01 月第 1 版　　　印　次	2016 年 01 月第 1 次印刷
字　　数	95 千字
定　　价	39.80 元

盗版必究（举报电话：010-58678881）

（图书如出现印装质量问题，请与选题产品策划生产机构联系调换）